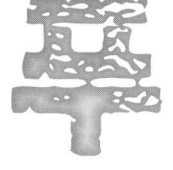 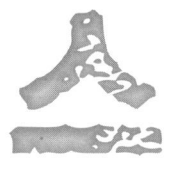

Œdipe

- tragédie par M. de Voltaire (2e éd. rev., corr. et augm...)

by François-Marie Arouet, dit Voltaire, 1719.

이 책은 Edition Pierre Ribou, et Jacques Ribou fils(1719, Paris)에서
펴낸 『Œdipe - tragédie par M. de Voltaire』을
원본으로 삼아 번역하였다.

이 판본의 소장처와 소장번호는 아래와 같다.
프랑스국립도서관(Tolbiac), Rez de jardin, magasin,
Z BEUCHOT-602(2)

ŒDIPE DE VOLTAIRE

오이디푸스

볼테르 지음
김덕희 옮김

여운

일러두기

* 인명과 지명은 고대 그리스어의 발음법을 따랐다.
* 고전 희곡의 독특한 특징 중의 하나인 운율은 최대한 살렸다.
* 모든 각주는 옮긴이의 보충 설명에 해당한다.

차례

06
볼테르의 생애

12
옮긴이의 말

18
오이디푸스
(1막~5막)

부록

151
변장한 오이디푸스
(1장~15장)

216
오이디푸스 가계도

218
작품 해설

볼테르의 생애

본명은 프랑수아 마리 아루에François-Marie Arouet. 1694년 파리에서 출생하여 1778년 파리에서 사망했다. 18세기 프랑스의 대표적인 계몽주의 사상가이자 작가이다. 오늘날에는 그가 남긴 역사서와 철학적 저술, 그리고 『자디그Zadig』, 『캉디드Candide』 등의 철학 콩트가 널리 알려져 있다. 그러나 볼테르는 당대의 유명한 극작가이기도 했다. 특히 이전 세기, 즉 17세기 프랑스 극작계를 화려하게 장식했던 고전주의 비극의 전통을 이어 갔다. 오늘날에도 널리 읽히는 콩트들에 비해 극작품들은 대부분 잊혀진 상태이지만, 1718년 『오이디푸스Œdipe』부터 1778년 『이렌Irène』까지의 그의 극작품은 코메디 프랑세즈Comédie française 극장의 무대에 끊임없이 올라 관객들로부터 많은 사랑을 받았다.

유복한 공증인의 아들인 볼테르는 예수회 학교인 루이 르 그랑에서 공부하였다. 17세에 학교를 마치면서 문인이 되고 싶었지만, 아버지의 반대로 꿈을 이루지 못하고 아버지가 권하는 법학 대학에 등록한다. 하지만 종교적 무신론과 쾌락주의를 추구하는 귀족들과 시인들이 모이는 '탕플Temple'이라는 문학 살롱을 계속 드나들면서 자유로운 문인의 길을 선망한다. 루이 14세 사후, 어린 루이 15세를 대신한 필립 오를레앙Philippe d'Orléans의 섭정(1715~1723)이 시작되자, 상류 귀족 사회의 살롱에서 재기를 발휘하며 문학적 재능을 증명해 보이던 그는 오를레앙 공의 반대파 문학 살롱에 드나들게 된다. 그러다가 1717년 오를레앙 공을 비방하는 시 〈나는 보았네J'ai vu〉를 써서, 바스티유 감옥에 투옥된다. 11개월의 감옥 생활을 하고 나온 볼테르는 자신의 인생길을 구체적으로 모색하다가 문학 작가로서의 삶을 본격적으로 시작한다. 일단 비극과 서사시 같은 당대 문학계의 인정을 받는 고전적인 장르에 도전장을 내면서 이름도 '볼테르'라는 필명으로 바꾸었다. 그리고 1718년 11월, 첫 비극 『오이디푸스』를 발표하여 대성공을 거두었다. 당시 관객들은 환호했고, 전 시대의 걸출한 비극 작가인 라신Jean Racine이 부활했다는 평을 듣기도 했다.

그 후, 어느 귀족과의 싸움으로 다시 부당하게 투옥되었다가 망명을 조건으로 석방되었다. 이 사건을 겪으면서 구제도의 신분적 불평등에 환멸을 느낀 볼테르는 1726년, 영국으로 건너간다. 그곳에서 프랑스보다 자유롭고 진보적인 분위기를 만끽하며 타고난 비판 정신을 더욱 키우게 된다. 그곳에서 고전적 장르인 서사시 『앙리아드Henriade』(1728)를 출판한다. 16세기 프랑스를 분열시켰던 신교와 구교 간의 종교전쟁에 종지부를 찍은 앙리 4세를 찬양하는 서사시로, 볼테르의 역사의식과 문학적 재능을 엿볼 수 있는 작품이다. 이 작품은 당대의 유명한 극작가 보마르셰Beaumarchais의 극찬을 받기도 했다.

1729년에 프랑스로 돌아온 후에는 셰익스피어의 영향을 받은 비극 『자이르Zaïre』(1732)를 발표하였다. 이 작품은 사랑과 질투를 주제로 한다는 점에서 『오셀로』와 유사한 작품으로 평가되지만, 『자이르』는 볼테르의 철학 가운데에서도 특히 종교적 관용 사상이 짙게 배어 있는 작품이다.

1733년, 수학과 물리학에 해박한 지식을 갖고 있던 샤틀레 후작부인Émilie du Châtelet의 애인이 된 볼테르는 그녀의 영향을 받아 문학가에서 사상가로의 변화를 모색한다. 1743년, 『철학 편지Lettres philosophiques』을 통하여 정치, 종교, 문화 전반에 걸쳐 프랑스 사회를 비판함으로써, 정부와 종교계의 미움을 사게 된다. 볼테르는 문제가 되자, 즉시 사죄의 글을 발표하여 제한적으로 파리 입성이 허용되었지만, 이후 샤틀레 가문의 영지에 머물며 10여 년간 저술과 연구 활동에만 전념한다. 이 기간 중, 볼테르는 샤틀레 부인의 도움으로 뉴턴의 만유인력의 법칙을 대중적으로 알리는 『뉴턴에 관한 편지Épître sur Newton』(1736)와 『뉴턴 철학의 요소들Éléments de la philosophie de Newton』(1736)을 출간한다. 비극 『마호메트Mahomet』(1741)와 『메로프Mérope』(1743) 역시 이 시기 동안에 발표되었다.

1744년에는 지인의 외무장관 취임과 더불어 역사 편찬관으로서 루이 15세의 궁정에 들어가게 된다. 루이 15세 곁에서 라모Jean-Philippe Rameau와 함께 오페라를 쓰기도 하지만 왕의 총애를 받지는 못했다. 반면에 1746년에는 반대파로부터 자신을 방어하기 위해 간절히 원했던 아카데미 프랑세즈 Académie française 회원이 된다. 연인이지만 불화가 잦았던 샤틀레 부인이 1749년에 죽고, 궁정에서는 루이 15세에게 홀대받고 있던 터에, 비극『오레스테스Oreste』(1750)마저 실패하자, 실의에 빠진 볼테르는 오래전부터 교류해 온 프로이센의 계몽 군주 프리드리히 2세의 초청을 받아들여 베를린으로 간다 (1750). 그곳에서 예전에 샤틀레 부인을 위해 쓰기 시작했던 역사서『루이 14세의 세기Le Siècle de Louis XIV』(1751)를 완성한다. 그 후 프리드리히 2세와도 마찰을 빚자, 1753년, 베를린을 떠나 프로이센의 여러 도시를 거쳐 프랑스 국경에 도착하여 파리 입성 허가를 기다리지만, 파리 입성이 금지된 것을 알게 된다(1754). 이 후 수년간 제네바 부근에 머물다가, 1761년에는 스위스 국경에 인접한 페르네Ferney에 정착하여, 20여 년간 그곳에 머물게 된다. 이때가 계몽주의 사상가로서 볼테르가 가장 활발한 활동을 한 시기이다. 저서 출판 및 다양한 사업을 통해 얻은 경제력을 바탕으로 그곳에 성을 재건하고 주변을 정비한다. 그리하여, 한적한 시골 마을이었던 페르네를 활기찬 소도시로 만들어 '페르네의 장로'라는 별명까지 얻게 된다.

그곳에서 그는 반봉건 · 반교회 운동의 지도자로서 많은 공격적인 글들을 발표했는데, 종교적 편견에 의한 불공정한 재판을 규탄한 칼라스 사건(1761), 시르벵 사건(1764), 라바르 사건(1765) 등을 통해 자신의 신념을 실천해 보인 것으로도 유명하다. 그중 칼라스 사건의 경우, 신교에서 가톨릭으로 개종하려는 아들을 살해한 죄로 사형을 당한 신교도 칼라스에 대해 볼테르가 무죄를 주장하여 복권시킨 사건이다. 시르벵 사건이나 라바르 사건도 유사한 경우로, 가톨릭 국가인 프랑스에 팽배하던 종교적 맹신과 타종교에 대한 편협한 태도가 빚어낸 사건들이다. 이후 볼테르는 더욱 강력하게 종교적 맹신이나 광기를 비난하고 타종교에 대한 관용을 주장하게 된다. 그의 사상이 반영된 『관용에 관한 개론Traité sur la tolérance』(1763)과 세계 문명사인 『풍속에 관한 에세이L'Essai sur les mœurs』(1756) 그리고 『철학사전Dictionnaire philosophique portatif』(1764)이 만년에 출간되었고, 대표적인 철학 콩트 『캉디드Candide』(1759)도 이 무렵 출간되었다.

또한 연극에 대한 무한한 애정을 가진 볼테르는 페르네 성에 극장도 만들었다. 극작뿐만 아니라, 기획, 연출 그리고 연기 분야로까지 활동 영역을 넓혔다. 마침내 1778년 3월 16일, 자신이 직접 감독한 마지막 비극 『이렌Irène』의 첫 공연을 보러 온 볼테르의 나이 83세였다. 코메디 프랑세즈 극장에 『이렌』을 보러 온 관객들은 그를 둘러싸고 갈채를 보냈다. 사실 그들은 작품보다는 '작가'를 보러 온 것이었으며, 모두들 "칼라스 옹호자 만세!"라고 외쳤다고 한다. 일생 동안 볼테르가 제시하고 주장한 새로운 가치관-인간 중심의 이성적인 그리고 모두를 배려하는-에 대한 찬사를 보낸 것이다. 1778년 5월 30일에 사망하여, 1789년에 발발한 프랑스 대혁명을 보지 못했지만, 대혁명 이후 국가를 위해 큰 공헌을 한 인물로 추앙되어 팡테옹Panthéon에 안치되었다(1791).

극작가로서 볼테르는 일생 동안 52편의 희곡 작품을 썼는데 그중 27편이 비극이다. 이중 당대에 큰 성공을 거둔 몇 작품을 연도순으로 들자면, 『오이디푸스』, 『자이르』, 『알지르』, 『마호메트』, 『메로페』, 『세미라미스』, 『중국 고아』 그리고 『탕크레드』가 있다.

옮긴이의 말

극작가 볼테르

프랑스의 계몽주의 사상가로 잘 알려진 볼테르는 그가 살았던 18세기에는 많은 사람들의 사랑과 인정을 받은 작가이기도 했다. 오늘날 그의 문학 작품으로는 철학 콩트들이 널리 읽히고 있다. 그런 그가 처음 작가의 길을 가기 위해 도전한 장르가 비극이었다는 점 그리고 당대에는 유명한 극작가로 인정받으면서 52편의 희곡 작품을 남겼다는 사실은 별로 알려져 있지 않다. 프랑스 고전주의 연극의 전성기였던 17세기의 대표적인 극작가 코르네유Pierre Corneille와 라신Jean Racine이 각각 32편, 12편의 작품을 남긴 것과 비교해 볼 때, 그의 왕성한 극작 활동을 충분히 짐작할 수 있다.

1718년, 24세에 첫 비극 『오이디푸스Œdipe』를 성공시키며 연극계에 혜성처럼 등장했을 때는 "라신이 지옥에서 살아 돌아왔다."는 평을 듣기도 했다. 1778년 5월, 84세를 일기로 사망하기 직전에도 코메디 프랑세즈에서 비극 『이렌』을 무대에 올리고 초연을 직접 관람하기도 했다. 심지어 죽기 일주일 전에도 『브루투스Brutus』(1730년 초연)를 준비하는 배우의 연기 연습을 도왔다는 일화도 있다. 이렇게 볼테르는 일생 동안 극작가였다. 특히 그는 총 27편의 비극을 남겼는데, 이 작품들은 당시 관객들로부터 많은 사랑을 받았다. 1680년 이후 코메디 프랑세즈에 오른 비극 공연을 분석한 자료에 따르면, 1680년에서 1800년대 말까지 1,753,462명이 볼테르의 비극 13편 중 한 편을 보았다. 또한 사실상 비극이 쇠퇴하기 시작한 이 시기에 100,000명 이상을 동원한 18편의 비극 중 볼테르의 비극이 무려 6편이 올랐다는 점은 그의 작품의 인기를 실감하게 해 준다.* 그의 작품이 공연되면 곧이어 패러디 극이 무대에 올려지는 현상이 나타났다는 사실은 극작가로서 볼테르의 성공을 보여 주는 것이다.** 이 책에서는 『오이디푸스』의 패러디 극 『변장한 오이디푸스Œdipe travesti』가 소개된다. 뿐만

---

* 1680년에서 1814년 사이의 비극을 연구한 페르셀레Jean-Pierre Perchellet의 저술을 참조하였다 : *L'Héritage classique: la tragédie entre 1680 et 1814*, Paris, Champion, 2004.

** 『오이디푸스』를 패러디한 『변장한 오이디푸스』(1719), 『알지르 혹은 아메리카 원주민들Alzire ou les Américains』(1736)을 패러디한 『야만인들Les Sauvages』(1736), 『중국고아L'Orphelin de la Chine』(1755)를 패러디한 『도자기 인형들Les Magots』(1756), 『탕크레드Tancrède』(1760)를 패러디한 『볼테르씨의 비극들, 혹은 이 비극들이 평가한 『탕크레드Les Tragédies de M. de Voltaire, ou Tancrède jugée par ses sœurs』(1760) 등이 있다.

아니라, 몇몇 작품은 오페라로 재탄생하기도 했다.*

볼테르는 연극 공연에도 관심을 가진 작가였다. 단지 희곡 작품의 집필뿐만 아니라, 작품의 공연 기획과 연출, 연기 분야에도 주도적으로 참여했다. 뿐만 아니라, 1725년 루이 15세의 결혼 축하 공연에서 연극 연출의 책임을 맡기도 했고, 라모와 함께 코메디-발레comédie-ballet나 오페라 작업도 한 것으로 보아, 연극 또는 공연 예술에 대한 볼테르의 남다른 관심과 열정을 이해할 수 있다.

젊은 볼테르는 고대로부터 이어지는 서양의 고전 문학 장르인 비극과 서사시, 이 두 장르에서 대가가 되고자 하는 야망을 가졌다. 극작가로서의 삶을 볼테르에게 열어 준『오이디푸스』는 원전 작가인 소포클레스와 프랑스 고전 비극의 거장인 코르네유, 두 대가에게 내민 도전장이라는 특별한 의미도 있다. 또한 그가 작가가 되는 것을 반대한 부친에게서 물려받은 성을 버리고, '볼테르'라는 필명을 쓰면서 태어난 첫 작품이기도 하다.**

---

* 『자이르Zaïre』(1732)는 벨리니Vincenzo Bellini의 오페라『자이라Zaira』(1829)로, 『아델라이드 뒤게슬렝Adélaïde du Guesclin』(1734)은 메이어 Simon Mayr의 오페라『아델라이드 게슬리노Adelaide Guesclino』(1799)로, 『세미라미스Sémiramis』(1748)는 로씨니Gioachino Rossini의 오페라 세미라미드Semiramide』(1823)로 재탄생했다.

** 혹자는 새로운 이름을 사용하게 된 배경을 부친과의 불화에서 찾기도 한다. 한편, Voltaire라는 필명은 그의 본명인 François-Marie Arouet의 철자를 적절히 바꾸어 만든 것이라는 추측도 있다. 그렇다면 아버지를 거부하면서도 여전히 아버지의 흔적은 간직하기를 원했다고도 볼 수 있다.

이전의 대가들에게 도전하고, 부친의 성과 결별하는 볼테르의 모습은 훗날 프로이드Freud가 정신분석이론의 모델로 선택할 오이디푸스를 예고하는 것이 아니겠는가?

비극적인 인간 오이디푸스의 전설은 이제 서양 문학의 원형을 이루는 이야기들 중 하나로 불릴 만하다. 이 이야기가 제공하는 부친 살해와 근친상간 그리고 인간의 정체성에 대한 멈추지 않는 탐구라는 테마는 고대에서부터 현대에 이르는 많은 서양 문학 작품에 영감을 주었다. 또한 현대에 와서는 소포클레스의 비극이 정신분석이론에서 원용됨으로써, 이 이론을 바탕으로 문학 작품을 분석하는 연구자들의 분석 도구가 되었다.

18세기의 극작계를 풍미한 볼테르는 고대 그리스 비극의 전통과 이를 계승한 17세기 프랑스 고전주의의 연장선 상에 있는 작가라 할 수 있다. 고전주의 작가들에게 오이디푸스 비극은 저주받은 왕의 파멸을 통해, 인간의 인지, 판단, 그리고 행위를 초월하는 무서운 운명의 힘을 보여 준다. 고전주의 작가들은 그리스의 극과 같은 내용을 고수하면서도 근대적인 시각도 아울러 반영했다. 새로운 인물과 성격을 창조하거나, 다른 극적인 요소를 추가하여 시대에 맞는 새로운 극을 만들기도 했다.

부친 살해와 근친상간을 저지르게 된다는 끔찍한 예언을 들은 라이오스와 오이디푸스는 이 운명을 피하고자 필사적으로 노력하지만, 운명 앞에서 인간의 노력이란 헛된 것이다.

그럼에도 그 노력을 멈추지 않는다. 인간은 의식적으로 노력하지만, 그것은 자신도 모르는 사이에 예정된 죄를 범하도록 짜여졌다. 비극은 인간의 왜소함을 보여 주므로써, 관객에게 공포와 연민을 불러일으키는 장르다. 그러나 과연 이 죄에 대한 책임이 오직 인간에게만 있는 것인가 하는 질문 역시 던지게 만든다.

  후일 뛰어난 계몽 사상가가 될 볼테르가 24세의 신예 작가로서 그리고 근대 작가로서 이 오래된 이야기를 소재로 삼아 만든 극작품은 우리가 관심을 갖고 음미할 만한 충분한 가치가 있을 것이다.

2016년 7월
옮긴이 김덕희

등장인물

오이디푸스 Œdipe
테베의 왕

이오카스테 Jocaste
테베의 왕비

필록테테스 Philoctète
멜리보이아의 왕자

대사제

이다스페스 Hidaspe
오이디푸스의 신하

에기네 Égine
이오카스테의 시녀

디마스 Dimas
필록테테스의 친구

포르바스 Phorbas
테베의 노인

이카루스 Icare
코린토스의 노인

테베인 합창대

무대는 테베다.

제 1 막

"테베인들은 아직 라이오스의
죽음에 복수하지 않았다.
왕을 시해한 자가
여전히 살아 숨 쉬고 있다.
그자의 더러운 숨결이
너희의 나라를 더럽히고 있다.
그 씨물을 찾아내야 한다."

제1장

필록테테스
디마스

디마스

필록테테스 왕자님이세요?
어떤 끔찍한 운명이 전염병이 횡횡하는 이곳으로
왕자님을 인도하여 죽음을 구하게 만들었습니까?
왕자님은 신의 노여움에 맞서려고 온 것입니까?
어느 누구도 감히 이곳에 발을 들여놓지 못합니다.
이곳에는 하늘의 분노가 가득차 있거든요.
또한 죽음이 마치 우리를 삼킬 듯 도사리고 있습니다.
테베에는 오래전부터 끔찍한 일이 벌어져
산 사람들의 세계와는 격리된 것처럼 보이지요.
돌아가십시오.

필록테테스

불행한 자들에게 딱 어울리는 곳이군, 그래.
내 고통스러운 운명은 내가 알아서 하겠네.

말해 보게나. 무자비한 신의 분노가 최소한
왕비의 목숨 만큼은 지켜 주었는지 말일세.

디마스

네, 왕자님. 왕비님께서는 살아 계십니다.
하지만 역병은 왕비님의 발밑까지 그 마수를 뻗쳐
날이면 날마다 왕비님께 성심을 다한
시녀들의 목숨을 앗아가고 있습니다.
죽음이 시나브로 왕비님에게 다가가는 것 같습니다.
하늘은 이렇듯 분노를 폭발시키고 나서야
비로소 무거운 형벌을 거둘 것이라 다들 말합니다.
그만큼 피를 흘리고, 그만큼 죽었으면
그쯤해서 만족해야 할 텐데 말입니다.

필록테테스

아! 대체 무슨 죄이길래
그토록 준엄한 분노를 촉발시켰단 말인가?

디마스

왕께서 승하하신 후에 ….

필록테테스

무엇이라고 했느냐? 뭐라고! 라이오스 왕이 ….

디마스

왕자님, 그 용감한 분께서는 4년 전에 돌아가셨습니다.

필록테테스

죽었다고? 무엇이라 했느냐?
이 무슨 달콤한 희망이 마음속에서 다시 꿈틀대는 거지?
세상에! 이오카스테 ….
신이 비로소 내 편이 되어 주려는 것인가?
그렇다면!
필록테테스가 비로소 이오카스테의 것이 될 수 있단 말인가?
그가 죽었다고! 대체 무엇 때문에!
그가 비운의 죽음을 맞이했단 말인가?

디마스

왕자님께서 이곳 베오티아 지방에
마지막으로 걸음 하신지 4년이 흘렀지요.
왕자님께서 아시아로 길을 막 떠나신 다음이니까요.

어느 원수 같은 놈의 손에 들린 비열한 칼이
신하들에게서 이 비운의 왕을 앗아가 버렸습니다.

필록테테스
맙소사! 디마스, 그렇다면 왕께서 살해되셨단 말인가?

디마스
바로 그 일이 화근이었습니다.
나라는 죄악으로 물들어 파멸을 맞이했습니다.
그분이 칼에 찔려 돌아가셨다는 소식을 듣고
우리는 한없는 눈물을 흘렸습니다.
그러나 죄인이 벌을 받기는커녕, 오히려 무시무시한 사자처럼
성난 괴물 한 마리가 나타나, 마치 신의 분노를 집행하려는 듯
무고한 사람들을 해치며 이 도시에 큰 피해를 주었습니다.
그때 왕자님은 머나먼 곳에서 무엇을 하고 계셨습니까?
가히 처참한 복수를 기획한 하늘은
괴물을 만드는 데 꽤나 공을 들였습니다.
문제의 이 괴물은 키타이론 산기슭 바위틈에서 태어났는데,
독수리와 여자 그리고 사자,
이 모든 것들이 조합된 성질을

타고난 끔찍한 놈인지라
인간의 목소리를 내는 등, 우리를 공격하기 위해
광기에다 심지어 술수까지 부렸습니다.
그놈으로부터 이곳을 지키는 방법은 오직 하나뿐이었습니다.
두려움에 떠는 테베에서 괴물은 용의주도하게
하루도 빠짐없이 술수를 쓰며, 음흉한 언어로 의미가 모호한
수수께끼를 한 가지씩 내고 있었습니다.
우리를 도우려면 누구든 이 괴물과 맞닥뜨려
수수께끼를 풀든가, 그렇지 못하면 죽어야 했습니다.
우리는 이 끔찍한 규칙을 따라야 했습니다.
신의 도움을 받아 운 좋게 수수께끼의 모호한 의미를
풀어낸 자에게 테베인들은 나라를 바치기로 결의했습니다.
이와 같은 보상에 기대를 품은 테베의 학자들과 원로들이
그들의 나약한 지식만 믿고
누구도 손을 쓸 수 없는 성난 괴물에 맞서 보았지만
어느 누구도 그것을 풀지 못했습니다.
그리고 모두 죽었습니다.
하지만, 코린토스의 왕위 계승자인 오이디푸스가
두려움을 모르는 젊은 그가
운명에 이끌려 공포에 휩싸인 이곳으로 왔습니다.

오이디푸스

그리고 그 무시무시한 괴물을 대적하여
수수께끼를 풀고 왕이 되었습니다.
그는 살아남았고, 지금도 다스리고 있습니다.
하지만 그의 권력은 불행하게도 단지
그에게 복종하는 주검들에게만 미칠 뿐입니다.
아! 우리는 기대했습니다.
운 좋은 그가 왕좌에 오른 후에도
그 운을 영원히 이어 가기를 말입니다.
신조차 우리를 너그러이 대하는 듯 했습니다.
괴물이 죽자 도시는 평화를 되찾았습니다.
그러나 불행이 곧바로 들이닥쳐 이 땅에 가뭄이 들자
굶어 죽는 사람들이 늘어 갔습니다.
신은 우리에게 연이은 고통을 안겼습니다.
기아는 지나갔지만, 고통은 끝나지 않았습니다.
이어서 전염병이 이 나라의 백성들을 죽였고
죽음을 피한 소수의 생존자들을 뒤쫓고 있습니다.
우리는 신 때문에 처참한 상황에 내몰렸습니다.
하지만, 신의 총애를 한 몸에 받는 행운아이신 왕자님을
누가 감히 그 영광스러운 길에서 벗어나게 했습니까?
왕자님께서는 무엇하러

이 끔찍한 곳으로 오신 겁니까?

필록테테스

흔들리는 내 모습이 바로 내가 이곳에 온 이유일세.
나약하고 불행한 인간의 모습 말일세.
예전에는 사랑 때문에 이곳을 떠났지만
오늘 다시 사랑에 이끌려 돌아온 불행한 인간 말일세.

디마스

왕자님, 사랑에 빠져 헤라클레스를 떠나시더니
왕자님의 마음을 앗아간 여인을 이렇듯
다시 찾아올 수도 있는 겁니까?

필록테테스

여보게, 헤라클레스는 죽었다네.
바로 이 불운한 손으로 가장 위대한 인간을
장작더미 위에 올려놓았지.
여기 그 무적의 화살들을 가져왔다네.
주피터의 아들이 소중히 여기는 무시무시한 선물이지.
여기 그의 유골도 가져왔다네.

영웅을 위하여 사원을 짓기 전에
무덤을 만들어 주러 왔다네.
그가 죽은 후에 나도 따라 죽었어야 하는데 말이야.
하지만 오, 맙소사!
자네는 내가 누구를 위해 사는지 알고 있지.
디마스, 이토록 완전하고 변함없는 사랑의 대상이
이오카스테라는 것을 자네는 너무나 잘 알고 있지.
이오카스테는 아버지의 강요에 못 이겨
테베의 왕비가 되었어.
우리를 이어 주던 사랑, 그 달콤했던 사랑을
우리는 어릴 적부터 키워 왔어.
내가 얼마나 분노했는지 자네는 알고 있지.
내가 라이오스에 대해 불만을 터뜨렸다는 것도 말이야.
온 나라가 내 질투심은 이해하지도 못하면서
오로지 내 분노에만 정치적인 해석을 갖다 붙였지.
아! 벙어리 냉가슴 앓듯 커져 버린 이 사랑을
자네에게조차 말할 수가 없었다네.
괴로워하던 내 마음은 나약해져서
자네의 진심 어린 충고를 외면했고
자네의 말에 담긴 진실을 두려워했지.

이오카스테가 있는 곳으로부터 멀리 떠나면
이성이 감정을 다스릴 수 있으리라 믿었다네.
자네도 알다시피 불행한 이곳을 떠나면서
나는 이오카스테에게 영원한 작별을 고했지.
그동안 세상은 그저 헤라클레스의 이름만 들어도 벌벌 떨면서
그의 뛰어난 무술과 용기가 정해 줄 운명을 기다리고 있었지.
나는 그의 신성한 임무를 도와
함께 싸웠고, 같은 월계관을 썼다네.
하지만, 위험한 전쟁을 치르면서도 나는
나약한 마음을 세상 끝에서 끝까지 질질 끌고 다녔어.
모든 것을 잊게 한다는 시간조차
내 사랑만큼은 오히려 키워 주었다네.
해가 떠오르는 행복한 곳에서부터
자연이 죽어 가는 차가운 곳까지
나를 찢어 놓은 화살이 박힌 채 돌아다녔어.
결국 나는 테베로 돌아왔고
오늘은 자네에게 얼굴을 붉히지 않고
내 사랑에 대해 자유롭게 말할 수 있어.
십년 동안 그리스를 위해 헌신하고 나니
나약한 마음을 드러낼 수 있는 자격이 생기더군.

오이디푸스

내가 쓰러뜨린 백 명의 폭군과 백 마리의 괴물이
내게 명예도 주고, 나를 변호해 주기도 하더군.

디마스

이처럼 불행한 사랑에 대체 무엇을 더 보태려는 것입니까?
이 나라에 남은 것까지 모조리 태워 버리려고 오셨습니까?
이오카스테를 그분의 새 남편에게서 빼앗으려고요?

필록테테스

그녀의 남편이라니? 이런! 지금 뭐라고 했나?
이오카스테! 그녀가 또다시 결혼을 했다니!

디마스

오이디푸스 왕께서 왕비님과 평생을 함께 하시기로 ….
그가 이뤄 낸 훌륭한 무공에 대한 최상의 보답이었지요.

필록테테스

오, 내가 그토록 꿈꾸어 온 위험한 유혹!
오, 오이디푸스는 대단한 행운아로군!

디마스

이제 그가 이곳으로 올 겁니다.

분노한 신의 가혹함을 누그러뜨리기 위해

대사제와 더불어 만백성을 이끌고 올 겁니다.

필록테테스

자리를 피해야겠군.

그들처럼 눈물을 흘리지 않도록 말이야.

제 2 장

대사제
합창대

(사원의 문이 열린다. 백성들 사이로 대사제가 등장한다.)

합창대의 첫 번째 인물

이 나라를 멋대로 휘저으며 병을 퍼뜨리는 귀신이여!
이 도시에 사는 우리들의 숨결에 죽음을 불어넣는 귀신이여!
너희가 소리 없이 퍼뜨리는 그 분노를 더욱 키우려무나.
그리하여 아주 기나긴 죽음의 공포로부터 우리를 해방하라.

합창대의 두 번째 인물

전능하신 신이여, 내리치소서.
당신의 제물이 준비되어 있나이다.
오, 산이여, 우리를 깔아뭉개라!
하늘이여, 우리들의 머리 위로 떨어져라!
오, 죽음이여, 우리는 너의 불길한 도움을 간청하고 있어!
오, 죽음이여, 우리를 구하러 와 줘. 와서 우리의 삶을 끝내 줘!

대사제

그만두어라. 그런 비통함에 젖은 아우성은 그만두어라.
그래 봐야. 불쌍한 인간들의 고통은 위로받지 못한다.
우리를 시험하려는 신 앞에 엎드리자.
신은 말 한마디로 우리를 죽일 수도 있고, 살릴 수도 있다.
신도 죽음이 우리를 에워싸고 있다는 것을 알고 있다.

테베인들의 절규가 신이 앉아 있는 곳까지 올라가 닿았다.
왕께서 납신다. 내 목소리를 빌어
하늘이 왕께 말씀하실 것이다.
운명이 왕의 눈앞에 드러날 것이다. 때가 되었다.
백성과 왕의 운명이 뒤바뀌는 엄청난 하루가 될 것이다.

제 3 장

오이디푸스, 이오카스테,
대사제, 에기네,
디마스, 이다스페스,
합창대

오이디푸스

고통을 호소하러 사원에 모인 백성들이여!
신에게 눈물의 제물을 바쳐라!
신의 원한을 내게 돌리면서
어째서 너희를 따라다니는
죽음의 씨앗은 없애지 못하는가?

오이디푸스

그러나 모두가 겪는 위험한 사태를 앞에 두고는
왕도 그저 인간에 지나지 않기에
왕이 할 수 있는 일은 고작 그 위험을
너희와 함께 하는 것밖에 없구나.

(대사제에게)
대사제, 테베인들이 존경하는 신의 사자여!
신은 애원하는 우리의 목소리를
여전히 외면하고 있단 말인가?
우리의 삶이 불행하게 끝나는 것을
매정하게 지켜만 보겠다는 것인가?
인간을 좌지우지하는
벙어리이며, 귀머거리란 말인가?

대사제

왕이시여, 백성들이여, 내 말을 들어 보시오.
오늘 밤, 나는 하늘에서 우리의
제단 위로 불꽃이 내려오는 광경을 목격했소.
우리가 지켜보는 가운데
위대한 라이오스 왕의 망령이 나타났단 말이오.

무시무시한 모습으로 분노와 증오에 휩싸인 채
소름 끼치는 목소리로 내게 이런 말을 했소이다.
"테베인들은 아직 라이오스의 죽음에 복수하지 않았다.
왕을 시해한 자가 여전히 살아 숨 쉬고 있다.
그자의 더러운 숨결이 너희의 나라를 더럽히고 있다.
그 괴물을 찾아내야 한다. 그자를 처벌해야 한다.
백성들이여, 너희의 목숨은 그자를
처벌하느냐 못하느냐에 달려 있노라."

오이디푸스

테베의 백성들이여, 단언컨대 너희가 저지른 결코
용서받을 수 없는 죄의 대가로 가혹한 처벌을 받고 있구나.
라이오스는 너희가 몹시 아끼던 왕이었는 데도
너희가 게으른 탓에 그의 성스러운 영혼을 위하여
지금껏 복수하지 않았구나!
가장 공명정대한 왕의 운명도 종종 이러하지!
그들이 살아 있는 동안에는 그들의 권력을 숭배하고
그들의 지고한 법을 하늘 높이 칭송하지.
백성들의 찬양을 받는 그들은 신과 다름없지.
그러나 너희도 목격했듯이, 그들이 죽고 나면 어떻게 되더냐?

볼테르

너희는 그들을 위해 피우던 향을 꺼버리지.
인간의 마음이란 본래 이해득실에 얽매이는지라
제아무리 용감한 자도 죽으면 곧 잊히는 법이거든.
그래서 원한을 풀어 달라고 하늘에 부탁하는 왕의 피가
너희에게 벌을 내리기 위해 분노하며 깨어난 것이다.
왕의 억울함을 달래 주자.
그리고 많은 희생자들을 대신하여
살인자의 피를 왕의 무덤에 뿌려 주자.
범인을 찾기 위해 모든 노력을 기울이자.
맙소사! 왕의 죽음을 증언할 자가 없다고?
설령 미궁에 빠진 사건이라 한들,
그토록 수없이 많은 계시가 내려졌건만
그중에서 아무런 단서도 찾을 수가 없었다고?
내가 듣기엔 더러운 손으로
왕을 내리친 자는 테베인이라고 하던데.

(이오카스테에게)
나는 말이지, 그가 죽은 지 2년 후에
당신이 손수 씌워 준 그의 왕관을 받아 왕좌에 올랐기에
지금까지 당신의 괴로움을 배려하여

당신이 눈물을 흘릴 만한 그 일은 떠올리지 않으려 했소.
날마다 오직 왕비의 안녕만을 걱정하다가
그 일은 미처 신경을 쓰지 못한 것 같소.

이오카스테

왕이시여, 내가 당신의 여인이 될 운명이
뜻밖의 사건을 일으켜 남편을 내게서 앗아갔지요.
그토록 용감하던 왕이 나라를 살피러 다니다가
살인자의 손에 쓰러졌을 때,
포르바스 혼자 수행하고 있었어요.
라이오스는 그에게 의지하며 조언을 구하곤 했지요.
그의 충성심과 신중함을 아는 라이오스는
권력의 짐을 그와 나누었어요.
그는 눈앞에서 왕이 살해당하는 것을 보았고,
상처 입은 왕의 주검을 모셔 왔어요.
그 자신도 칼에 찔려 겨우 몸을 끌고 왔지요.
그는 피투성이가 되어 제 발 아래 쓰러졌습니다.
"낯선 자들이 칼로 마구 찔렀습니다.
그자들이 제 눈앞에서 왕비님의 남편을 죽였습니다.
그자들은 죽어 가는 저를 두고 가 버렸지만,

하늘의 힘이 꺼져 가는 이 가련한 생명을 되살렸습니다."라고
말하고, 더 이상 아무 말도 하지 않았어요.
이후 혼란에 빠진 나머지 저는
서글픈 진실을 그가 외면하려는 것으로 여겼어요.
아마도 이 엄청난 죄악에 분노한 하늘이
제가 찾지 못하도록 범인을 숨겨 버렸나 봐요.
아마도 하늘이 운명을 결정지을 때
우리를 죄인으로 만들어 벌을 내렸나 봐요.
오래지 않아 스핑크스가 이 지방을 황폐하게 만들었고
괴물의 광기는 테베를 마구 휘둘렀어요.
살아야 한다는 마음이 앞선 탓에
다른 사람의 죽음에 대한 복수를 할 수가 없었어요.

오이디푸스

그 충성스러운 신하는 어떻게 되었소, 왕비?

이오카스테

사람들은 그의 충심과 처신을 좋게 봐주지 않았어요.
모든 사람들이 그에 대해 은근히 적대적이었지요.
그가 너무 큰 권력을 가졌기에 미움을 받았던 거예요.

귀족들과 백성들은 몹시 분노하며
지난날 왕의 총애를 받은 그에게 벌을 주지 못해 난리였지요.
그를 살인범으로 몰아갔어요. 격분한 테베인 모두가
그를 죽이라고 한목소리로 내게 요구했어요.
불공정하다는 비난의 화살이 사방에서 쏟아질 것을 염려한
나는 그를 사면하기도 처벌하기도 두려웠지요.
그래서 이웃 나라의 성으로 몰래 데려가서,
그를 처벌하라고 요구하는 백성들로부터 지켜 주었어요.
그곳에서 올해로 네 번째 겨울을 보내고 있는 이 연로한 노인은
(왕의 총애를 받았던 신하의 안타까운 사례이지요.)
그럼에도 불구하고 저와 격분한 백성들을 원망하지 않고
그저 무죄를 인정받아 풀려나기만을 기다리고 있어요.

오이디푸스

(신하에게)

알았소, 왕비.

가라. 서둘러.

감옥에 갇힌 그자를 이곳으로 데려와라.

왕비가 보는 앞에서 직접 그자를 심문하겠소.

내게는 백성들을 비롯한 라이오스 왕의

원한을 풀어 줘야 할 책임이 있소.
처음부터 끝까지 이야기를 들어 봐야겠소.
날카로운 눈으로 이 불행한 비밀의 속내를 꿰뚫어 봐야겠소.
신이여, 우리의 기도를 들어주는 테베의 신이여!
당신은 살인자를 알 터이니, 그자를 벌하소서!
태양이여, 우리를 비추는 그 빛을
그자의 눈에서 거두소서!
자식들에게는 혐오스럽고
어머니에게는 끔찍한 존재가 되어
세상에서 버림받고 쫓겨나 방황하면서
지옥과도 같은 고통을 맛보기를!
또한 온몸에 피를 흘리면서도, 무덤에도 들어가지 못한 채
굶주린 독수리 떼의 먹이가 되기를!

대사제
이 끔찍한 저주에 우리 모두의 뜻을 모읍시다.

오이디푸스
신이여, 오직 죄인만이 당신의 벌을 받게 하소서!
만일 당신이 영원히 정의로운 명령을 내려

내 손으로 그자를 처벌할 권한을 준다면
그리고 당신이 지친 나머지, 더는 우리를 증오할 수 없다면
명령을 내려 복종하게 하소서.
우리가 만일 결코 알 수 없는 자를 범인으로 쫓고 있다면
당신의 벌을 거두고 제물의 이름을 대십시오.
대사제, 사원으로 돌아가시오.
자, 사제의 목소리로 신에게 한 번 더 물어보시오.
당신의 기도를 들은 신이 우리에게 내려오게 하시오.
만약 신이 라이오스 왕을 아꼈다면
왕의 죽음을 복수해 줄 것이요.
그리고 길을 잃고 헤매는 왕을 인도하여
내 팔이 내려쳐야 할 그자를 알려 줄 것이요.

●

제 1 막
끝

제 2 막

벌써 사방에 폭군들이 나타나고 있어요.
헤라클레스는 무덤 속에 있는데,
리불들이 다시 출몰해요.
자, 당신을 사로잡았던 사랑으로부터
벗어나 이제 그만 떠나세요.
불안에 떠는 세상에
헤라클레스를 돌려주세요.

제 1 장

이오카스테, 에기네,
이다스페스, 합창대

이다스페스

그렇습니다. 저는 죽어 가는 백성들의 대변자입니다.
이들은 한목소리로 필록테테스를 의심하고 있습니다.
왕비님, 운명은 아마도 우리를 구원해 주려고
그를 이 불행한 도시로 돌아오게 했나 봅니다.

이오카스테

맙소사, 이게 무슨 말인가!

에기네

정말 놀랍군요!

이오카스테

그라니? 누구? 필록테테스?

이다스페스

네, 왕비님, 그분이십니다.

백성들이 달리 누구에게 탓을 돌리겠습니까?

그가 저질렀다는 사실이 뻔히 보이는 살인 사건을요.

그분이 라이오스 폐하를 미워한 사실은

다들 알고 있습니다. 그리고 그의 적개심은

라이오스 폐하의 눈을 속이기는 어려웠지요.

한창 때의 젊은이는 경솔해서 본래

감정을 쉽게 드러내는 법이니까요.

감정을 숨기지 못하는 그의 얼굴에는 분노가 드러났어요.

그가 화를 낸 이유는 모르겠습니다.

하지만 폐하의 이름을 듣는 즉시

스스로 제어할 수 없는 분노심에

극도로 사로잡힌 나머지

감히 폐하를 죽이기라도 할 듯 날뛰곤 했지요.

그는 떠났습니다.

이후 불운의 주인공이 되어 방랑자처럼 떠돌다가

이곳으로 돌아와 주변을 맴도는 처지가 되었지요.

하필 불행한 시기에 테베에 머무르게 된 것입니다.

하늘이 끔찍한 제왕 살해 사건을 일으킨

바로 그때 말입니다.

불행한 그날 이래로, 백성들은

몇 가지 사실을 근거로 그를 의심해 왔습니다.

아니, 그게 아니라 꽤 오랫동안 테베인들은

포르바스와 그분 가운데 한 사람을 의심했습니다.

하지만 그가 전장에서 얻은 명예와

이 땅의 힘없는 자들의 편에서 원수를 갚아 준 자라는 명성과

어쩔 수 없이 영웅에게 표하게 되는 존경심 때문에

우리는 의심을 차마 말로 표현하지도 못하고

의심을 거두지도 못했습니다.

그러나 시절은 바뀌었습니다.

테베는 재앙이 덮쳐 오자

위험한 존경심 따위는 벗어던졌습니다.

겁에 질린 백성들은 더 이상 참을 수가 없었습니다.

하늘로부터 명령이 떨어지기만 하면

그들은 물불을 가리지 않을 것입니다.

이오카스테

물러가거라.

제 2 장

이오카스테
에기네

에기네

가여운 왕비님!

이오카스테

아아! 부러워라.
이미 저 세상으로 떠나간 자들이 부러워.
대체 무슨 일이란 말인가!
고매한 분에게 이 무슨 고난이란 말인가!

에기네

정말이지, 왕비님의 운명은
고약하기가 이를 데 없군요.
거짓 충성심에 눈이 멀어 흥분한 백성들은
곧 자신의 제물을 내놓으라고 아우성칠 겁니다.
저는 그분이 범인이라고 생각하지 않아요.

하지만 왕비님께는 얼마나 두려운 일이겠어요?
만약 그분이 왕비님의 남편을 죽인 자라는
사실이 드러난다면!

이오카스테

그분이, 그의 영혼이 어찌 살인죄로 더럽혀질 수 있단 말이냐!
그건 비겁한 역적들이나 하는 비열한 짓이야!
에기네, 비록 그와 헤어진 것이 몹시 가슴 아픈 일이지만
그와 같은 영웅을 죄인으로 지목하는 일은
잘못된 거야!
그런 의심 따위가 나를 화나게 한다는 것을 알아줘.
그리고 그가 고결한 사람이라는 것도.
왜냐하면 내가 그를 사랑했으니까.

에기네

이토록 변함없는 사랑은 ….

이오카스테

그 불행한 사랑의 열정이
내 마음속에 여전히 남아 있다고 여기지는 마.

본테르

그때의 사랑은 아주 잘 정리되었으니까.
하지만 에기네, 정숙함이 가득한 고귀한 마음이 어떠하든
우리 마음속에서 일어나는 본능을 통제할 수 없는 법.
이 은밀한 흔들림은 숨길 수 없어.
그것은 우리를 점령하기 위해
마음속 깊은 곳으로부터 기어이 되살아나고야 말지.
꺼졌다고 생각한 사랑의 불씨가 잿더미에서 되살아나고
힘겨운 싸움을 통해 정숙한 마음이
사랑의 열정에 저항하지만, 그 사랑이 사그라지지는 않아.

에기네
왕비님의 고통은 정당하고 또한 고결해요.
또한 그러한 감정은 ….

이오카스테
아, 난 왜 이렇게 불행한 걸까!
에기네, 너는 알지? 내 사랑도, 내 고통도.
나는 화촉을 두 번이나 밝혔어.
두 번이나 부당한 운명을 받아들인 거야.
어쩔 수 없는 결혼, 아니 고문과도 같은

결혼을 운명으로 받아들여야 했어.
내 마음을 움직인 유일한 사람을
억지로 떼어 내야만 했어.
신이여, 불행한 기억을 떠올리는 저를 용서하세요.
제가 억눌렀던 옛사랑의 불행한 찌꺼기일 뿐이랍니다.
에기네, 서로에게 빠진 우리를 보았지.
가까워지자마자 깨져 버린 우리를 보았지.
왕께서 나를 사랑하시어, 내 뜻엔 아랑곳없이
나와 결혼하셨지.
괴로워하는 나에게 왕관을 씌워 주셨어.
나는 그분의 품에 안겨 잊어야 했던 거야.
내 첫사랑도, 첫사랑의 맹세도.
내게 주어진 의무에 충실하면서
감정이 되살아나는 것을 몰래 억누르곤 했어.
혼란한 마음을 감추고, 눈물을 삼키면서
나 자신조차 내 괴로움을 받아들이지 못했어.

에기네

그런데, 어떻게 또 다시 결혼으로 구속당하는
운명을 감수할 엄두를 내셨나요?

오이디푸스

이오카스테

아아!

에기네

왕비님께 솔직하게 말씀드려도 될까요?

이오카스테

말해 보거라.

에기네

오이디푸스님이 왕비님의 마음에 든 것으로 보였어요.
왕비님은 나라를 구한 영웅에게 자신이
포상으로 주어지는 것에 대해
큰 거부감은 없어 보이셨어요.

이오카스테

아! 신이여!

에기네

그분이 라이오스 폐하보다 운이 좋았다고 봐야 하나요?

아니면 필록테테스님이 마음에서 멀어졌나요?
두 분 모두 왕비님의 마음에 들었나요?

이오카스테

잔혹한 괴물이 테베를 괴롭히고 있을 때였지.
테베를 구하는 자에게 나는 결혼을 약속했고,
스핑크스를 죽이는 자에게는 나와 결혼할 자격이 주어졌어.

에기네

그분을 사랑하셨나요?

이오카스테

그에게 끌렸던 것은 사실이야.
하지만 그건 마음이 흔들리는 것과는 아주 다른 감정이었어.
에기네, 마법에 홀려 황홀한 느낌이 일어나듯
맹렬하게 요동치는 불길 같은 것은 아니었어.
오직 필록테테스만이 타오르게
할 수 있었던 불길과는 달랐어.
이 불길은 내 정신에 독을 퍼뜨리고
치명적인 매력으로 내 이성을 흐려 놓았어.

오이디푸스에게는 정숙한 사랑을 느꼈단다.
오이디푸스는 용감했고, 나는 그의 용기가 마음에 들었어.
몸소 지켜 낸 테베의 왕좌에 오르는
그의 모습을 기쁜 마음으로 지켜보았어.
그의 뒤를 따라 제단으로 올라가면서
에기네, 혼란스러운 마음 한가운데서
미처 예상치 못했던 묘한 기분이 들었지 뭐야.
나는 두려워하면서도 결국엔 그의 품에 안겼어.
이 결혼이 빚어낸 불길한 징조 때문인지 모르겠지만
에기네, 나는 보았어. 어느 캄캄한 밤에
나와 오이디푸스 곁에 나타난 지옥을 말이야.
내 발밑에 입을 벌리고 있는 구멍을 보았거든.
죽은 남편의 창백한 유령이 피를 흘리면서
위협적인 모습으로 그 무시무시한 구멍에서 솟아 나왔어.
그는 내게 아들을 보여 줬어.
그의 불행한 피를 이어받아 내 속으로 낳은 아들 말이야.
나의 잔인하고 부조리한 결정 탓에
신에게 은밀히 제물로 바쳐진 그 아들 말이야.
두 사람 모두 그들을
따라오라고 내게 말하는 것 같았어.

두 사람 모두 나를
지옥으로 끌고 가려는 것 같았어.
혼란에 빠진 내게
그 무시무시한 장면이 자주 떠올랐어.
내 마음 깊은 곳에 여전히 남아 있던 필록테테스는
죽음에 대한 불안감에다 공포심까지 보태 주었어.

에기네
무슨 소리가 들려요. 누가 와요.
그분이 저기 오시네요.

이오카스테
그가 오네. 떨리는구나.
그와 마주치는 걸 피해야겠구나.

제 3 장

이오카스테
필록테테스

필록테테스

도망가지 말아요. 두려워도 말고요.

내 말도 들어 보고, 나와 얘기도 해요.

내가 질투심에 눈물을 흘려

신혼 재미를 망칠까 염려하지도 마시오.

내가 부끄럽게 원망이라도 할거라 짐작하지도 마시오.

우리 두 사람에게 어울리지도 않는

소심한 한숨이나 쉴 거라 염려하지도 말고요.

연인들의 마음을 흔들어 놓는

흔한 말 따위는 당신에게는 하지 않을 것이오.

당신을 사랑했던 마음 그리고 더 구체적으로 말해,

당신 스스로 깨버린 약속을 아직 기억하고 있다면

당신에게서 잠시나마 사랑받았던 이 마음은

나약한 모습을 보이는 법은 모르오.

이오카스테

그런 마음은 오직 우리만의 것이었어요.

내가 본보기를 보이려 했지만, 오히려 당신에서 배워야겠군요.

이오카스테가 당신과 결혼할 수 없었다면,

일단 내 사연부터 들어 보는 것이 맞겠지요.

왕자님, 당신을 사랑했어요.

하지만 더 크고 높은 법이 의지와 상관없이

언제나 나의 운명을 결정했어요.

널리 알려진 스핑크스와 신의 분노가

아마도 당신의 귀에까지 전해졌겠지요.

당신은 테베에 떨어진 재앙에 대해 알았을 거예요.

그리고 오이디푸스가 ….

필록테테스

오이디푸스가 당신의 남편이 되었다는 것을 알고 있소.

그가 그럴 자격이 있다는 것도 알고.

아직 젊은 데도 기지를 발휘해서 테베를 구했고

무훈도 세우고, 덕도 갖춘 데다

특히, 당신이 선택해서 그 운 좋은 왕자를

위대한 왕들의 반열에 올려놓았다고 말이오.

볼테르

아! 운명은 어째서 나를 괴롭히기만 하고
내 용기를 엉뚱한 곳에 쓰게 만들었는가?
스핑크스를 해치우는 자가 당신을 얻는 것이라면
굳이 당신으로부터 멀리 떠나
죽을 자리를 찾을 필요가 있었나?
나라면 모호한 말 속에 허망한 의미를 숨긴
하찮은 수수께끼를 파고들지는 않았을 것이오.
당신이 지켜봐 주었다면 더욱 힘을 얻었을 이 팔은
검으로 정복하는 것에 더 익숙하다오.
나는 괴물의 머리를 당신의 발아래 가져다 놓았을 것이오.
그런데 다른 자가 이오카스테를 얻었다니!
다른 자가 이런 넘치는 영광을 누릴 수 있었다니!

이오카스테
당신은 지금 자신의 불행이 무엇인지 모르는군요.

필록테테스
당신을 영원히 잃은 내가
더 이상 무엇을 두려워하겠소?

이오카스테

당신은 복수의 신마저 증오하는 곳에 온 거예요.
전염병의 불길이 신의 노여움을 말해 주고 있지요.
라이오스 왕의 피가 우리 머리 위로 다시 떨어졌어요.
모욕당한 하늘의 정의가 우리에게 호통치며
무심하게 취급된 왕의 죽음에 대해 복수하고 있어요.
사원의 제단에 살인범을 죽여 바쳐야 해요.
사람들은 살인범을 찾고, 당신을 의심하고,
당신을 고발했어요.

필록테테스

더는 아무 말도 하지 않겠소.
그런 모욕은 내 용기를 무색하게 하고
또한 할 말을 잃게 만드는군.
누구라고? 나를, 그런 범죄의! 나를, 살인범으로!
그리고 당신 남편의! 설마 그 말을 믿는 건 아니겠지?

이오카스테

네, 믿지 않아요. 당신을 모욕하는 일이니까요.
그런 모함에 대응하는 일조차 없을 거예요.

당신의 용기는 내가 알아요.
당신은 내 사랑을 얻었고요.
당신이 내 마음을 가질 자격이 없는 사람일 리가 없지요.
신조차 버린 테베인들 따위는 잊어버리세요.
당신을 의심하던 바로 그 순간, 그들은 이미 죽었어야 해요.
내가 당신에게 소중한 존재였다면
당신이 아직도 나를 사랑한다면, 이곳을 떠나세요.
그리고 다시는 나를 찾지 마세요.

필록테테스

이오카스테! 그렇다면 내가 당신을 영영 잃은 것이오?

이오카스테

그래요. 다 끝났어요.
우리의 사랑은 이루어질 수 없어요.
신이 당신을 위해 더 고귀한 삶을 준비해 두었으니까요.
당신은 신을 위해 태어났어요.
신은 매우 현명해서 이 세상을 위해 쓰일
그 팔을 테베에만 묶어 두지 않았고,
그의 넓은 가슴을 가득 채운 사랑 때문에

당신의 능력을 내 곁에만 묶어 두지 않았어요.
안돼요. 헤라클레스의 후계자가 달콤한 사랑에 빠져
부드럽고 수줍은 마음을 쓰는 일에나 매달려서는 안돼요.
당신은 오로지 불쌍한 사람들을 위해 일해야 합니다.
당신의 능력은 신이 필요로 하는 일에만 쓰여야 합니다.
벌써 사방에 폭군들이 나타나고 있어요.
헤라클레스는 무덤 속에 있는데, 괴물들이 다시 출몰해요.
자, 당신을 사로잡았던 사랑으로부터
벗어나 이제 그만 떠나세요.
불안에 떠는 세상에 헤라클레스를 돌려주세요.
왕자님, 남편이 오는군요. 이만 물러가야겠어요.
내 마음이 흔들려 약한 마음을 보일까 두려워서가 아니라
혹여 당신 앞에서 난처해 하는 모습을 보일까 봐 그래요.
나는 당신을 사랑했고, 그는 현재의 내 남편이니까요.

볼테르

제4장

오이디푸스, 필록테테스,
이다스페스

오이디푸스

이다스페스, 저자가 필록테테스 왕자인가?

필록테테스

그렇소. 눈 먼 운명이 이 도시에 던져 넣은 사람이오.

하늘이 나를 무너뜨리고자

끈질기게 공을 들이는 탓에

끝없는 모욕을 겪는 사람이오.

사람들이 내게 어떤 죄를 뒤집어씌워

내 삶을 모욕하는지 알고 있소.

왕이시여, 내가 구차한 변명이나 할 거라 기대하지 마시오.

내가 대단히 존경하는 당신이

그런 의심이나 할 정도로

야비하지는 않을 거라 생각하오.

우리가 같은 길을 가고 있다면

내가 추구하는 명예와 당신의 그것은 거의 다를 바가 없소
테세우스*와 헤라클레스 그리고 나는 이미
당신에게 영광의 길을 보여 주었소.
나를 비방함으로써 당신의 명예를 더럽히지 마시오.
당신이 그들과 어깨를 나란히
할 수 있었던 영광에 부합할 수 있도록
품위있고 고상하게 처신하시오.

오이디푸스

사람들에게 쓸모 있는 존재가 되어 왕국을 구하는 것.
이것이 바로 내가 열망하는 유일한 명예요, 왕자.
또한, 이것이 바로 어려운 상황에서 내가 존경하고

---

* 테세우스는 그리스 신화에 나오는 아테네의 영웅이다. 아테네의 왕 아이게우스의 아들로 태어나, 어머니 아이트라의 고향인 트로이젠에서 자랐다. 성인이 되어 아테네에 오는 도중 페리페테스Periphetes, 시니스Sinis, 케르키온Kerkyon, 프로크루스테스Prokrustes 등의 악당과 괴물을 퇴치하고 귀국 후, 인신 공양물인 소년 소녀 일행 속에 섞여서 크레타에 건너가, 아리아드네의 도움으로 라비린토스에 사는 괴물 미노타우로스를 퇴치하였다. 벗인 라피타이 족의 왕 페이리투스Peirithoos의 혼인식에 초청되었을 때 켄타로스족과 싸우고, 아마존 국에도 원정하였다. 또한 아테네를 처들어온 아마존 국과 싸워서 그 여왕 히폴리테Hipplyte를 아내로 얻었다고 한다.

당신이 추종하는 영웅들이 내게 가르쳐 준 것이오.
물론 나는 당신에게 죄를 전가하고 싶지는 않소.
하늘이 내게 제물을 선택할 수 있는 권한을 주었다면
내가 아닌 다른 제물을 바치지 않았을 것이오.
나라를 위해 죽는 것, 이것이 왕의 의무이므로.
다른 사람에게 양보하기에는 너무도 큰 영광이므로.
내 목숨을 끊어서라도 당신을 구했을 것이오.
그리하여 다시 한 번 백성들을 살렸을 것이오.
하지만 내게는 선택권이 없소, 왕자.
우리는 죄인의 피를 뿌려야 한단 말이오.
당신은 의심을 받고 있소.
그러니 자신을 변호할 생각이나 하시오.
결백을 스스로 증명하시오.
나 역시 당신과 같은 영웅을
궁전에서 맞이하는 것을 행운으로 여길 것이오.
또한 정말 다행스러운 일일 것이오.
당신을 피의자가 아닌 필록테테스로 대접해야 한다면 말이오.

필록테테스
내 명예를 걸고 말하건대

내가 그런 의심을 받을 이유가 없소.
의심받는 이 사람의 손은 신탁이 내려지지 않을 때에도
살인자들의 비열한 손으로부터 이 세상을 구했소.
헤라클레스는 살인자들을 물리치라는 뜻으로
내 팔의 힘을 길러 주었소.
왕이시여, 살인자들을 모방하지 마시고 그들을 처벌하소서.

오이디푸스

아! 나 역시 훌륭한 일들을 행하는 당신의 손이
죄로 더럽혀졌다고는 생각지 않소.
정녕 라이오스가 당신의 칼을 맞고 쓰러졌다면
분명 당신의 발밑에서 영광스럽게 죽었을 것이오.
당신이 용감한 전사로서 그를 죽였을 터이니.
나는 마땅히 당신이 옳다고 믿고 있소.

필록테테스

그렇다면 내 죄가 무엇이란 말이오?
만약 이 검이 라이오스를 저 세상으로 보냈다면
내게는 또 한 번의 승리가 되었을 것이오.
왕이란 신하들에게는 그들이 섬기는 신과 같은 존재이지만 헤라클레스나 나 같은 사람에게는 그저 평범한 인간일 뿐이오.

나는 왕들을 보호해 주었소. 그들의 원수를 갚아 줄 수도 있소.

그들과 맞서 싸울 수 있다는 것도 잊지 마시오.

오이디푸스

탁월한 언변을 보아하니, 과연 필록테테스로군.

당신과 같은 영웅이야말로 군주와 동격이지.

나도 알고 있소. 하지만 분명히 말해 두겠소.

라이오스를 죽인 자는 죽음을 면치 못하오, 왕자.

그자의 머리가 이 왕국의 불행을 거둘테니까.

그리고 당신은 ….

필록테테스

나는 아니오. 이 말 한마디면 충분할 것이오.

왕이시여, 만약 그러하다면

나는 그것을 자랑스럽게 여길 것이오.

이만하면 충분히 알아들었을 것이라 짐작하오.

비열하게 자신을 변호하는 것은

평범한 사람들이나 하는 짓이오.

반면에 용감한 데다 고귀한 혈통을 타고난

나 같은 자의 말은 믿을 만한 법이거늘,
오이디푸스가 라이오스의 살해범으로 나를 의심하다니!
아! 누군가를 범인으로 모는 것은 당신답지 않은 일인데!
당신의 손은 라이오스의 왕관과 그의 아내를 거머쥐지 않았소.
그가 죽음으로써 생긴 이익은 당신이 독차지하지 않았소.
나는 그가 불행한 일을 당하고 나서
그의 유산을 두고 경쟁하거나 왕좌를 요구한 적이 없소이다.
나는 왕좌에는 별로 마음이 끌리지 않소.
헤라클레스는 그런 높은 자리에 오르는 걸 경멸했지.
그의 동지가 되어 함께 자유롭게 다녔소.
나는 왕을 만들었지만, 정작 내가 왕이 되고 싶지는 않았소.
당신 앞에서 나는 이미 수치심을 느끼고 있소.
용기 있는 자는 자신을 변호하면 할수록
더욱 체면이 깎이는 법이오.

오이디푸스
우리 두 사람의 자존심에 상처를 입히는
이런 대화는 그만둡시다.
우리가 직접 판단할 것이오, 왕자.
만약 당신이 결백해서

법의 잣대에 비춰 두려울 것이 없다면
그 결백은 더욱 빛날 것이오.
우리와 함께 머물러 주시오.

필록테테스
물론이오. 나는 이곳에 머무를 것이오.
내 명예가 걸린 일이니까.
하늘은 내 소원을 들어 주니까.
당신에게서 의심을 받은
수치심으로 얼굴을 붉히게 만든
이 모욕에 대한 복수를 끝낸 후에야
나는 비로소 떠날 수 있을 것이오.

제 5 장

오이디푸스
이다스페스

오이디푸스

사실 저런 자를 범인으로 보기는 어려워.
저런 자는 자존심이 워낙 강해서
비굴하게 무언가를 감추는 법이 없지.
거짓말을 하는 사람은 저런 자부심을 가질 수 없지.
나는 그에게서 추잡한 비열함은 찾아볼 수 없었다고.
나는 내심 부끄러웠어.
저런 훌륭한 사람을 범인으로 의심해야 하다니.
나의 지나친 엄격함을 자책했지.
나라를 다스리는 일은 냉정해야 하는 데도 말이야.
왕이 인간의 마음속까지 어떻게 알 수 있겠어.
그러다 보니 때로는 죄 없는 사람을 벌하기도 하지.
이다스페스, 왕이라고 늘 공정한 것은 아니야.
어쩔 수 없는 일이잖아.
그런데 포르바스는 왜 이리 늦는 거야?

못 기다리겠군!

그자에게만은 약간의 희망을 걸고 있어.

신이 분노하여 우리에게 더는

아무런 대꾸도 해 주지 않으니 말이야.

신은 침묵으로 일관하고 있어.

이다스페스

폐하께서 조금만 노력하시면 모든 것을 알 수 있는데

굳이 이곳에서 하늘의 뜻을 물을 필요가 있습니까?

신관에게 신탁을 내리는 신들은

이 신전에 항상 머무르지는 않습니다.

신들이 늘 기적을 일으키는 것도 아니고요.

신전에서 신탁을 전해 주는

이 세발토기들과 우리들이 직접 만든 청동 악기는

아무리 불어도 소리가 나지 않아요.

신관들의 말에 현혹되면 안됩니다.

신전의 주변에는 종종 반역자들이 있지요.

이런 자들은 신성한 권력을 내세우며 우리를 억압하고

자기들 멋대로 운명을 말하다 말다 하지요.

잘 보십시오. 주의를 기울여 잘 살펴보십시오.

필록테테스님과 포르바스 그리고 왕비님도요.
우리 자신만을 믿어야 합니다.
우리 눈으로 낱낱이 확인해야 합니다.
그것이 우리의 세발토기이자, 우리의 신탁이며
또한 우리의 신입니다.

오이디푸스

사원에 어찌 그런 배신자가 있을 수 있단 말인가?
아니야. 하늘이 진정 우리의 운명을 결정한다면
테베를 구원하는 중대 사안을
비열한 인간의 손에게 맡기지는 않을 것이다.
내가 말이지,
내가 친히 가서
신이 침묵하지 못하게 할 것이며,
거듭 기도를 올려
냉혹하고 무자비한 그들을 달랠 것이다.
자네는 말이지,
자네는 나를 아주 열심히 섬기지!
그러니 내가 기다리는 포르바스에게
달려가 재촉하게나.

오이디푸스

보다시피 우리가 이렇듯
비참한 상황에 처해 있으므로.
나는 신들에게도 물어보고
또한 백성들에게도 물어보겠네.

●

제 2 막
끝

제 3 막

당신은 자신의 음울한 운명을
너무 빨리 알게 되는군요.
오늘 당신은 출생과 죽음의 비밀을
동시에 알게 될 것이오.
당신의 운명은 실현되었소.
당신 자신에 대해 알게 될 거요.
불행한 자여!

제 1 장

이오카스테
에기네

이오카스테

그래, 나는 필록테테스를 기다리고 있어.

그가 마지막으로 내 앞에 나타나기를 바라고 있는 거야.

에기네

백성들이 감히 소리를 질러 대며

얼마나 무례하게 구는지 왕비님도 알고 계시지요.

죽음이 호시탐탐 노리고 있는 이곳 테베의 백성들은

그분을 처벌해야 비로소 구원을 받을 거라 믿고 있어요.

남녀노소 할 것 없이 모두가 불행에 짓눌려

그분이 범인으로 밝혀지기만을 학수고대하고 있어요.

폭동이라도 일으킬 것 같은 그들의 아우성이 이곳까지 들리지요.

그들은 신을 대신하여 그분의 피를 요구하고 있어요.

이런 강압적인 요구를 견뎌 내실 수 있겠어요?

그분을 도와주고 지켜 주실 수 있겠어요?

이오카스테

내가? 그를 지켜 줄 거냐고? 모든 테베인들이
내게 그들의 살기 어린 손을 뻗친다 해도
피에 흠뻑 젖은 이 성벽 아래 내가 깔린다 해도
죄인으로 몰린 무고한 사람을 포기하진 않을 거야.
당연히 속으론 걱정이 되지.
이 용감한 사람에게 내 마음을 빼앗긴 적이 있으니까.
다들 수군대겠지. 그를 위해 내 명예와 남편
그리고 신과 나라마저 버린다고.
그리고 내가 그를 여전히 사랑하고 있다고 ….

에기네

아! 그런 걱정은 하지 마세요.
그 불행한 사랑을 아는 것은 저뿐이니까요.
그리고 절대로 ….

이오카스테

무슨 소리냐?
너는 왕비가 미움과 사랑의 감정을
감출 수 있다고 생각하는 것이냐?

귀족들은 언제나 의혹에 찬 눈길로 우리를 예의 주시한단다.

탐욕스러운 눈이 사방에서 우리를 감시한단다.

존경하는 척 겸손한 태도를 보이며

우리의 속내를 꿰뚫어 보고, 우리의 약점을 찾으려 한단다.

그들의 교묘한 술수를 벗어나거나 피할 도리는 없단다.

우리의 말 한마디, 한숨 한번, 눈길 한번만으로

속마음을 들켜 버리고 말지.

모든 것이 우리를 드러나게 해.

침묵까지도 말이야.

아무리 숨기려 해도

그들은 가면을 쓰고 집요하게 추적해서라도

우리의 비밀을 캐내고야 말지.

그리고 그들의 입이 무심코 터지는 순간

우리의 삶은 슬픔으로 빛을 잃고

온 세상에 우리의 사랑 이야기가 퍼진단다.

에기네

아! 왕비님, 뭐하러 그들이 하는 짓을 걱정하세요?

어떤 예리한 시선이 위험하다는 거예요?

어떤 비밀이 드러나 왕비님의 명예를 더럽힌다는 거예요?

그들이 왕비님의 사랑 이야기를 알게 된다면
왕비님의 자제력도 알게 될 것이고
왕비님께서 변함없이 늘 정숙하게
살아오셨다는 것도 알게 될 거예요.

이오카스테

바로 그 정숙함이 오늘은 나를 힘들게 하는구나.
어쩌면 나는 언제나 엄격하게 자신을 몰아 부치며
지레 너무 가혹하게 대해 왔는지도 몰라.
어쩌면 너무 준엄한 잣대를 들이댄 것일 수도 있어.
하지만 필록테테스는 내 마음을 독차지했어.
그리고 이 불행한 마음에는 그의 흔적이 남았어.
정숙함도 시간도 그것을 지우지 못했단다.
아니, 그게 아니라, 내가 그의 목숨을 구하겠다는
것이 정말 무고한 사람을 구하겠다는
의지만으로 그렇게 한 것인지 모르겠구나.
그를 염려하는 마음이 너무나 선명하고 따뜻하구나.
그를 구하려는 내 팔이 떨리는구나. 하지만
결국, 그를 구하겠다는 선의와 배려하는 마음을 지닌
나 자신을 질책하게 돼.

그를 덜 사랑했더라면, 더 잘 도와 줄 수 있었을 텐데.

에기네
왕비님께서는 그분이 떠나기를 바라시나요?

이오카스테
그래, 물론이야. 바로 내가 원하는 바야.
그가 내 말에 조금이라도 귀를 기울인다면
내 간청에 그의 마음이 조금이나마 움직인다면
두 번 다시 나를 보지 않겠다고 마음을 먹어야 해.
이 불길한 곳을 피해야 해. 떠나야 한다고.
이곳을 떠나 내 명예와 자신의 목숨을 구해야 해.
그런데도 무엇 때문에 그는 이곳에 머무르는 거지?
그가 온 것 같구나.
에기네, 어서 가 보거라.

제 2 장

이오카스테
필록테테스
에기네

이오카스테

아! 왕자님, 여기에 있었군요!

죽음과도 같은 공포에 마음이 흔들려 당신을

만나고 싶었던 내 마음을 감추고 싶지는 않아요.

당신을 피하는 것이 내 도리인 것은 알아요.

당신을 잊어야 해요. 그렇다고 해서

당신에게서 등을 돌리겠다는 뜻은 아니에요.

사람들이 당신을 어떻게 하려는지 알고 있나요?

필록테테스

미천한 백성들이 폭동을 일으켜

내 목을 베라 하지요.

저들이 이 괴로운 삶으로부터

나를 해방시키려는 거요.

이오카스테

이 끔찍한 사태 속에서 우리 자신을 지키자고요.
떠나세요. 당신의 운명이 아직은
당신 자신의 손에 달려 있으니까요.
그러나 왕자님, 지금이 어쩌면 내가 당신을
치욕적인 죽음에서 구할 수 있는 마지막 기회일 지도 몰라요.
도망치세요. 내게서 멀리, 잰걸음으로!
당신을 구한 사람이 바로 나였다는 사실은 잊어 주세요.
그것이 바로 당신이 무사히 살아남는 것에 대한 보답이에요.

필록테테스

왕비시여, 내 마음이 흔들리고 있으니
부디 동정심은 그만 보이고, 굳건한 마음을 보여 주시오.
내가 그러하듯, 내 목숨보다는 내 명예를 더 아껴 주시오.
나더러 도망치라 명하지 말고, 차라리 죽으라 명하시오.
내가 결백하건대, 당신의 말을 따르다가
죄인이 되라 강요하지 마시오.
하늘이 분노하여 내게서 많은 것을 앗아갔소.
남은 것은 오직 내 명예와 체면 뿐이요.
이 소중한 것들을 내게서 빼앗지 마시오.

당신에게 어울리지 않는 사람이 되라 명하지 마시오.
불행한 운명이라면 겪을 만큼 겪은 사람이 바로 나요.
왕비, 나는 당신의 남편에게 약속했소.
설령 그가 내게 비열한 의심을 품는다 해도
나는 결코 약속을 깨지 않을 것이오.

이오카스테

왕자님, 신의 이름으로 그리고 이오카스테가
당신의 마음을 설레게 했던 사랑의 이름으로,
만약 당신이 완벽하고 달콤했던 사랑에 대해
한 조각의 연민이라도 간직하고 있다면
우리가 결혼을 약속했던 그 시절에, 나의 행복이
당신의 행복에 달려 있었다는 것을 당신이 기억하고 있다면
부디 광영이 가득한 그 목숨을 구하세요.
내가 함께 하고자 했던 그 목숨을요.

필록테테스

아니오. 오직 죽음만이 내 고통을 끝낼 수 있소.
나는 당신만을 위해 살았지만, 다른 자가 당신을 차지했소.
나는 그럭저럭 만족하오. 내 운수가 제법 괜찮은 것 같군.

볼테르

당신의 존경을 무덤까지 가져갈 수 있다니 말이오.
혹시 누가 아나?
하늘이 피 흘리는 이 제물을
살갑게 대해 주지 않을지도?
혹시 또 누가 아나?
자비로운 하늘이 나를 당신에게 바치려고
당신의 왕국으로 내 발걸음을 이끈 것이 아닐지도?
어쩌면 내 목숨을 희생해서라도 당신을 지키게 하는
이 무한한 은혜에 감사해야 할지도 모르지.
어쩌면 하늘은 죄 없는 피에 만족하는지도 모르지.
그렇다면 내 피가 적어도 하늘이
받아줄 만한 가치는 있나 보오.

제 3 장

오이디푸스, 이오카스테,
필록테테스, 에기네,
이다스페스, 수행원

오이디푸스

왕자, 당신의 처벌을 소리 높여 요구하는
백성들의 격렬한 항의는 신경 쓰지 마시오.
소란을 잠재우고, 그들의 뜻을 거스르더라도
나는 당신에 대한 지지를 선언할 것이오.
백성들은 당신을 의심했소. 또한 그럴 수밖에 없었고.
하지만 나는 그들과 달리 보고 있소.
나는 당신의 용기가 안개 속처럼 모호한 상황을
헤치고 나아가, 모두의 눈에 빛나 보이기를 바라오.
나도 판단이 서지를 않고, 어떤 것도 밝혀줄 수 없다 보니
왕자에게 죄가 있다고 말할 수 없지만,
그렇다고 죄가 없다고도 말할 수 없소.
그래서 결단을 내리기 위해 하늘에 기도하고 있소.
곧 하늘이 분노를 가라앉히고 우리를 용서할 것이오.

오이디푸스

그리고는 우리를 짓누르던 손을 거두고
대사제의 입을 통해 제물의 이름을 댈 것이오.
나는 우리보다 현명한 신에게
백성들과 당신 사이에서 누가 옳은지 결정할 권한을 맡겼소.

필록테테스
왕이시여, 다른 이들은 모두 당신께 감사를 표했을 것이요.
그러나 나는 필록테테스요. 그러므로 이렇게 말하겠소.
당신이 만든 공평무사한 법은
당신에게는 대단하겠지만, 내게는 충분치 않소.
내가 쉽사리 굴복시킬 수도 있을 그 비열한 밀고자들 앞에서
나는 자신을 변호해야 하는 모욕을 겪었소이다.
아! 그런 치졸한 배려까지 해 주고자 애쓸 필요는 없소.
왕이시여, 내가 결백함을 증명해 줄 증인은
나 한 사람으로 충분하오.
내 삶을 돌아보는 것으로 충분하오.
아시아의 정복자이자, 신의 가호를 받은 헤라클레스는
내게 괴물과 폭군을 정복하는 법을 가르쳐 주었다오.
그러니 그들이야말로 바로 나와 대질시켜야 할 증인들이오.
하지만 당신의 신을 대변하는 대사제에게 물어보시오.

신의 목소리가 진정 나를 죄인이라 부르는지
그의 말을 들어 봅시다.
나는 신이 필요 없소. 결코 나를 위해서가 아니라,
가엾은 백성들을 위해 신의 명령을 기다리고 있는 것이오.

제 4 장

오이디푸스, 이오카스테,
대사제, 이다스페스,
필록테테스, 에기네,
수행원, 합창대

오이디푸스

그렇다면! 신들은 우리가 올리는 기도에 감동하여
마침내 원한이 서린 분노를 멈추는가?
누가 왕을 죽여 그들을 분노하게 만들었는가?

필록테테스

말해 보시오. 누구의 피를 흘려야 하는가?

볼테르

대사제

하늘이 내린 치명적인 선물이지,
아는 자는 필히 불행을 자초하니 말이야!
호기심 많은 인간에게 얼마나 위험한 것인가!
신이 내게 들려준 잔인한 운명은
장막으로 내 눈을 영원히 가려 버리라 말한다!

필록테테스

대체 당신이 하려는 그 불길한 말은 무엇이오?

오이디푸스

당신은 신의 영원한 분노를 전하러 온 것이오?

필록테테스

걱정 말고 말해 보시오.

오이디푸스

신은 내가 죽기를 바라는가?

대사제

(오이디푸스에게)

아! 내 말을 믿는다면 더는 묻지 마시오.

오이디푸스

하늘이 우리에게 정해 준 운명이 무엇이든 간에

테베인들의 생사는 그것에 달려 있소.

필록테테스

말해 보시오.

오이디푸스

불운한 백성들을 불쌍히 여겨 주시오.

잊지 마시오. 오이디푸스는 ….

대사제

오이디푸스가 그들보다 더 불쌍하오.

합창대의 첫 번째 인물

백성들을 사랑하는 오이디푸스는 마치 아버지와 같다네.

오이디푸스

그의 목소리에 우리의 끝없는 탄식이 더해지네.

하늘의 말을 전하는 자여, 우리의 아우성을 들으시오.

합창대의 두 번째 인물

우리는 죽어 가오. 우리를 구해 주시오.

하늘의 분노를 다른 곳으로 돌려 주시오.

그 살인자, 그 괴물, 그 흉악범의 이름을 대시오.

합창대의 첫 번째 인물

그의 피로 선왕 시해의 죄를 씻기 위해 우리가 나설 것이오.

대사제

불운한 백성들이여, 내게 무엇을 요구하는가?

합창대의 첫 번째 인물

당신의 한마디면 그자는 죽는 거요.

당신이 우리 모두를 살리는 거요.

대사제

그자를 짓누르는 운명을 알고 나면 너희는

죄인의 이름을 듣기만 해도 공포에 떨게 될 것이다.
지금 내 목소리를 빌어 너희에게 말하는 신은
단지 그를 추방하는 정도의 벌을 내리라 한다.
하지만 하늘의 처벌에 더하여 비통한
절망에 빠진 범인은 자신을 스스로 벌할 것이다.
너희는 그가 치르는 끔찍한 벌에 놀랄 것이다.
그리고 너희의 목숨을 구하려다가
너무 큰 대가를 치렀다는 사실을 알게 될 것이다.

오이디푸스
내 말대로 하시오.

필록테테스
말하시오.

오이디푸스
고집부리지 마시오.

대사제
(오이디푸스에게)

내 입을 연 사람은 바로 당신이오.

오이디푸스

꾸물거리며 나를 화나게 하는군!

대사제

당신이 원한다니 …, 그렇다면 …, 그 사람은 ….

오이디푸스

말해라! 누구냐?

대사제

당신이오.

오이디푸스

나?

대사제

당신이오. 비운의 왕이여!

합창대의 두 번째 인물

아니, 이게 무슨 소리야!

이오카스테

신의 말을 전하는 자여, 감히 뭐라 했는가?

(오이디푸스에게)

누구, 당신이?
당신이 남편을 죽인 자라고요? 그럴 수 있다고요?
내게서 왕관을 받아 쓰고서 나와 결혼한 당신이?
아니, 아니에요. 신탁이 우리를 속이고 있는 거예요.
당신을 고발하는 목소리가 옳지 않다는 것은
당신이 이뤄 낸 일들이 말해 주잖아요.

합창대의 첫 번째 인물

우리들의 운명을 좌지우지하는 하늘이시여!
다른 자의 이름을 대소서.
아니면 차라리 우리에게 죽음을 내리소서.

필록테테스

왕이시여, 지체 없이 모욕에는 모욕으로 갚으시오,
당신을 짓누르는 이런 말도 안되는 불행을 틈타
비열한 이익을 취하는 짓은 절대 하지 않을 테니.
신탁이야 어떠하든 나는 당신의 결백을 믿소.
나는 당신이 정의로운 인간이라 믿소.
테베인들과 당신은 나를 그렇게 여기지 않았지만 말이오.
나는 너무나도 끔찍한 이곳을 영영 떠나려 하오.
내가 이곳에서 명예롭게 살 길은 막혀 버렸으니
내가 받드는 죽은 영웅의 발자취를 따라
내가 지켜 주어야 할 불행한 자들을 찾으러 떠나려 하오.

(필록테테스, 퇴장한다.)*

오이디푸스

아니, 아직도 충격이 가시지를 않아.

---

* 볼테르는 자신의 작품을 여러 번 수정하였다. 생전의 마지막 판본인 1775년 판본에서는 필록테테스가 오이디푸스의 왕권을 위협하는 세력에 맞서 오이디푸스를 돕겠다고 자청한다.

놀랍고 화가 나는군!
대사제의 특권이 바로 이런 것이로구나!
이런 역적 같은 놈! 네 불경한 입이
네가 모시는 왕께 역겨운 죄를 뒤집어씌우려고
오만불손하게도 신과의 관계를 남용하는구나!
네가 더럽힌 성스러운 전령의 자리를
내가 여전히 존중하며 인내해 주리라 믿는 것이냐?
역적 같은 놈, 네 놈을 죽여 제단에 바쳐야겠다.
네 놈의 목소리를 빌어 말하는 신이 보는 앞에서.

대사제

내 목숨은 당신에게 달려 있소이다. 당신 마음대로 하시오.
왕좌를 보전할 수 있는 남은 시간을 잘 활용하시오.
오늘은 당신 자신에게 명령하게 될 것이오.
두려워하시오, 불행한 왕이시여! 당신의 시대는 끝났소이다.
보이지 않는 손이 복수를 위한
무시무시한 검을 당신의 머리 위에 들고 있소.
이제 곧 자신이 지은 죄에 스스로 경악하며
당신이 앉았던 왕좌에서 멀리 도망치며
지켜 주는 성수나 성화도 없이

텅 빈 동굴을 당신의 고함 소리로 채우며
사방에서 징벌의 신이 공격하는 것을 보게 될 것이요.
당신은 죽고자 하겠지만, 오히려 죽음이 당신을 피할 것이요.
불길한 사태를 수없이 지켜 본 하늘은
당신의 눈에 끔찍한 암흑만을 보여 줄 것이요.
짐작도 못한 죄와 벌을 떠안게 된 당신은
차라리 태어나지 않은 편이 훨씬 더 행복했을 것이요.

오이디푸스

지금껏 네 말을 듣는 내내 분노를 참았다.
네 놈을 베어 피를 뿌리는 것이 허락된다면
네 놈이 죽어 가는 모습을 즐기면서
네 놈의 예언이 실현되는 것을 막을 것이다.
가라, 꺼지거라! 분노가 치밀어 오르게 하지 말아라.
네 놈을 볼수록 분노가 끓어오르니 이를 두려워해라.
비열한 거짓말을 만들어 내는 역겨운 놈, 꺼져라!

대사제

당신은 나를 여전히 사기꾼이자 역적으로 취급하는군요.
예전에 당신의 아버지는 나를 믿을 만한 사람으로 여겼는데.

오이디푸스

거기 서라, 뭐라고 했느냐? 아버지 폴리보스 왕께서?

대사제

당신은 자신의 음울한 운명을 너무 빨리 알게 되는군요.
오늘 당신은 출생과 죽음의 비밀을 동시에 알게 될 것이오.
당신의 운명은 실현되었소.
당신 자신에 대해 알게 될 거요.
불행한 자여!
당신이 누구의 피를 물려받고 태어났는지 아는가?
오직 당신이기에 저지를 수밖에 없었던 죄들에 둘러싸여
당신이 누구와 함께 살고 있는지 아는가?
오, 코린토스여! 오, 포키스여! 혐오스러운 결합이여!
불행하고도 불경스러운 가족이 태어나는구나.
이렇게 탄생한 가족에게 어울리는 광기가
세상에 공포심과 혐오감을 가득 채울지어다!
가자.

제 5 장

오이디푸스, 이오카스테,
에기네, 이다스페

오이디푸스

저자의 마지막 말이 나를 얼어붙게 하는군.

뭐에 홀린 기분이야.

분노가 조금씩 가라앉는군.

신이 우리들 가운데 내려와

내 감정을 지배하고, 내 분노를 가라앉히며

사제에게는 신성한 힘을 부여하여

그자의 무시무시한 목소리를 통해

나의 파멸을 예언하고 있어.

이다스페

왕이시여, 저자가 어떤 일을 벌일 수 있는지 보셨습니다.

무언가 불길한 일이 꾸며지고 있습니다.

그러한 사태는 막아야 합니다.

우리가 보는 앞에서 큰 화살로 당신을 쏘는 자이니

적으로 여기며 더욱 경계해야 합니다.
허무맹랑한 신탁으로 강력하게 무장한
사제는 대개 군주들에게 위험한 존재입니다.
맹목적인 신앙에 빠진 백성들은
신앙의 굴레를 열렬히 숭배하는 바보들이지요.
가장 신성한 법을 신앙심으로 짓밟고
왕에게는 불충하면서 신을 숭배한다고 믿지요.
특히 이와 같은 방종을 부추기는 이해관계가 개입하여
그들의 불경스러운 열정이 더욱 담대해질 때는요.

오이디푸스

내 안에서 불길한 소리가 들리는군!
대체 내가 무슨 죄를 지었단 말인가?
오, 하늘이여! 이토록 끔찍할 수가!

이오카스테

왕이시여, 그만하세요. 죄에 대한 이야기는 그만하세요.
죽어 가는 백성들을 위해 희생될 제물이 필요해요.
나라를 구해야 해요. 더 이상 미루지 말아요.
라이오스 왕의 아내인 내가 죽겠어요.

지옥으로 건너가는 강가에서 한탄하며 떠도는
억울한 남편의 망령을 만나야 하는 것은 나예요.
내가 흐느끼는 망령의 울음을 달래겠어요.
내가 가겠어요. 제물을 받은 영혼이
내 죽음에 만족하며 다른 제물을 요구하지 않았으면!
내가 피를 흘리는 한, 당신이 피를 흘리는 일은 없었으면!

오이디푸스

당신이 죽는다고, 당신이! 왕비, 아!
내 머리 위에 산더미처럼 쌓인
이 소름끼치는 불행만으로 충분치 않단 말이요?
그만두시오, 왕비. 그런 끔찍한 말은 집어치우시오.
나를 찢으러 날아오는 또 다른 화살처럼
당신까지 죽어 나를 울게 하지 않아도
당신 남편의 운명은 이미 너무나 혹독하오.
나를 따라오시오. 들어갑시다.
이는 확실히 의심스러운 일이므로
내가 그것을 분명히 밝혀야겠소.
갑시다.

이오카스테

왕이시여, 어떻게 당신이 ….

오이디푸스

따라오시오.
내 걱정을 없애 주든, 더 키워 주든 …,
어쨌든 따라오시오.

●

제 3 막
끝

제 4 막

기억이 나는 것은 그들 중 한 명은
상당히 나이가 든 자였는데,
흙먼지 위에 쓰러진 채
내 얼굴을 유심히 바라보았소.
그는 나를 향해 두 팔을 뻗었소.
그리고 내게 뭐라 말하려 했소.

죽어 가는 그의 눈에서
눈물이 흐르는 것을 보았소.
나 역시 그를 치르면서
가슴속에서 무언가를 느꼈소.

제 1 장

오이디푸스
이오카스테

오이디푸스

아니오. 당신이 무슨 말을 한다 해도
내 불안한 심정은 사소한 의혹에도 몹시 흔들린다오.
대사제가 내 심기를 불편하게 했소.
그럼에도 그자를 용서하려고 하는데 ….
이제는 나 자신을 추궁하기 시작했소.
특히 그 모든 끔찍한 말에 관해 곰곰이 생각해 보았소.
내가 잊고 있던 수많은 사건들이
겁에 질린 내 머릿속에서 한꺼번에 되살아났지.
과거는 할 말을 잊게 하고, 현재는 나를 짓누르고 있지.
미래를 생각하면 무시무시한 운명이 기다리고 있는 것 같소.
죄가 내 뒤를 줄곧 따라다니는 것 같소.

이오카스테

아니! 용기를 내서 마음을 다잡을 수는 없나요?

볼테르

자신 있게 결백을 주장할 수는 없나요?

오이디푸스

사람은 생각하는 것보다
더 많은 죄를 지으며 산다오.

이오카스테

아! 가벼이 내뱉은 사제의 헛소리는 무시하세요.
이렇듯 겁에 질린 나약한 모습으로
그자에게 빌미를 제공하지 마세요.

오이디푸스

왕비, 사실대로 말해 보시오.
라이오스가 저승길로의 여행을 떠나던 그날,
그를 따르던 수행원이나 병사들이
정녕 아무도 없었단 말이오?

이오카스테

이미 말했다시피, 부하 한 사람만 따라갔어요.

오이디푸스

고작 한 사람만?

이오카스테

그 누구보다도 담대했던 왕은
당신과 마찬가지로 거추장스러운 행렬을 싫어했지요.
그의 전차 앞에 화려한 방패로 무장한 병사들이
줄줄이 늘어선 것을 단 한 번도 본 적이 없으니까요.
그는 충성스러운 신하들의 보필을 받는 군주로서
조금도 두려워할 것이 없었기에
호위병도 없이 다녔답니다.
그는 백성들의 사랑이 자신을 보호한다고 믿었으니까요.

오이디푸스

오, 영웅이여! 하늘이 백성들에게 보낸
진정한 군주의 존엄하고 비범한 본보기여!
오이디푸스가 당신에게 그의 야만적인 팔을 휘둘렀소?
일단 비명횡사한 왕의 모습을 묘사해 보시오.

이오카스테

당신이 가슴 아픈 기억을 떠올리라 하니 말하지요.
그는 노인이었지만 건장했어요. 나이는 들었지만
그의 눈에는 여전히 젊음의 광채가 빛나고 있었어요.
백발 사이로 보이는 이마에 난 상처는
다들 놀라 할 말을 잃을 만큼 존경심을 불러일으켰지요.
감히 말하건대,
사실 라이오스는 당신과 상당히 닮았어요.
나는 당신에게서 그의 용기와 외모를
다시 볼 수 있어서 기뻤어요.
왜요? 내 이야기가 놀라운가요?

오이디푸스

나는 알 수 없는 어떤 불행을 예감하고 있소.
신의 계시를 받은 사제가
내 끔찍한 운명에 대해 더 많이 알고 있을까 두렵소.
내가 그를 죽였을 수도! 맙소사! 그럴 수가 있나?

이오카스테

그가 아무리 신의 대변자라 해도

거짓을 말할 수도 있잖아요?
신성한 사제라는 신분 덕분에 제단 가까이 다가갈 수 있지요.
그래서 신에게 다가가고요. 하지만 저들도 인간이에요.
솔직히 말해 보죠.
설령 새가 나는 모습을 본다 한들,
신관이 신의 뜻을 알 수 있다고 생각하세요?
설령 신성한 검으로 밴다 한들, 황소들의 날카로운 눈이
미래를 보여 준다고 믿으세요?
뿐만 아니지요.
설령 꽃줄로 장식한다 한들, 제물들의 뱃속에
인간의 운명에 대한 비밀이 담겨 있다고 생각하세요?
아니에요. 모호한 진실을 캐내는 것은
신의 권한을 사칭하는 짓이에요.
사제들은 무지한 백성들이 믿는 그런 사람들이 아니에요.
그들의 능력이란 전부 우리의 맹신에서 비롯된 거예요.

오이디푸스
아, 맙소사! 그 말이 사실이라면 얼마나 좋을까!

볼테르

이오카스테

맞고 말고요. 내가 고통을 겪은 얘기를 들어 보면 알아요.
예전에 나도 당신처럼 그들의 말에 넋이 나가 …,
아아! 불행하게도 잘못을 저지르고 말았지요.
그러자 거짓 신탁을 따랐다고 하늘이 내게 벌을 내리더군요.
신탁 때문에 나는 아들을 잃었어요. 나는 신탁을 증오해요!
당신의 명령이 없었다면, 당신이 없었다면,
내 아들은 지금도 살아 있을 거예요.

오이디푸스

당신의 아들이라니! 대체 어쩌다 아들을 잃은 것이요?
대체 어떤 신탁이 내려진 것이요?

이오카스테

상황이 매우 절박하니, 나 자신에게조차
숨기고 싶었던 이야기를 들려줄게요.
엉터리 신탁 따위에 더는 겁먹지 말라고요.
당신도 알다시피, 나와 라이오스 사이에는
아들이 하나 있었어요.
아들을 염려하는 어미의 심정에서

신의 뜻을 잘 맞춘다는 유명한
무녀에게 아들의 장래를 물어보았지요.
아아! 무슨 정신 나간 짓을 한 건지! 운명이
감추려는 비밀을 굳이 캐내려 하다니!
하지만, 어미로서 아들 걱정에 마음이 약해져
무녀의 발밑에 벌벌 떨며 엎드렸지요.
그 여자는 이렇게 말했어요. 잊을 수가 없네요.
기억을 떠올리는 것만으로 몸서리치는 나를 이해하세요.
"네 아들은 자신의 아버지를 죽일 것이다.
그리고 이 불경한 아들은 근친상간과 부친 살해를 …"
오, 신이시여! 끝까지 말해야 하나요?

오이디푸스

그래서요? 왕비!

이오카스테

그래요. 그 여자는 이렇게 예언했지요.
내 아들이, 이 괴물이 내 침대에 들 거라고.
그리고 어미인 내가 그를 받아들일 거라고.
아비를 죽여 그 피에 젖은 아이를 내 품에 말이에요.

오이디푸스

그리고 그 끔찍한 인연으로 두 사람이 결합하여
내가 이 불행한 아들에게 자식을 낳아 줄 것이라고 말이에요.
내 얘기가 당신을 혼란에 빠뜨린 것 같군요.
아직 못다 한 얘기를 듣기가 두려운 것 같군요.

오이디푸스

아! 왕비, 마저 하시요. 말해 봐요. 어떻게 되었소?
그 아이, 하늘의 분노를 산 아이 말이오.

이오카스테

신을 믿기로 했지요. 경건하면서도 잔인하게 말이에요!
나는 아들을 위해 모성애를 억눌렀어요.
모성애는 끝없이 넘쳐 났지만, 신에게
저항할 수도 없고, 잘못된 신탁이라며 무시할 수도 없었어요.
이 사랑스러운 제물을 죄의 구렁텅이로 끌고 가는
치명적인 운명으로부터 벗어나게 해야 했어요.
그 끔찍한 운명으로부터 벗어나게 해 주는 것이 연민이라
믿으며, 그 아이를 죽이라고 명령했어요.
오, 어찌나 슬프고 죄 많은 연민이었는지!
오, 모호한 엉터리 신탁 따위가 얼마나 혼란스럽게 하는지!

아이를 위한다는 명분으로
아이를 잔인하게 죽이고서
내가 과연 무엇을 얻었던가?
그렇다고 남편이 무사한 것도 아니었지요.
인생의 전성기를 맞은 한창 때
그는 낯선 자들의 손에 살해되었어요.
아들이 그를 죽인 것도 아니었어요.
남편을 구하지도 못하면서, 공연히 아들만 잃었다고요!
이 끔찍한 얘기가 당신에게 깨달음을 주기를!
사제가 당신에게 불어넣는 그 공포심을 떨쳐 버리세요.
내 잘못을 보고 배우세요. 그리고 마음을 가라앉히세요.

오이디푸스

당신이 이 엄청난 비밀을 내게 들려주었으니
이번에는 내 운명에 얽힌 무서운 비밀을
당신에게 들려주는 것이 마땅한 일일 것 같소.
내 불행한 얘기를 듣고 우리의 운명이
서로 얽힌 놀라운 사실을 깨닫고 나면
당신도 나처럼 두려움에 떨게 될 것이요.
운명은 나를 코린토스의 왕가에서 태어나게 했소.

지금은 코린토스에서도 왕좌에서도 멀리 떠나 있지만,
내가 태어난 그곳을 생각하면 두려운 마음이 든다오.
끔찍했던 그날이 지금도 생생하오.
겁에 질렸던 그날은 지금도 공포감을 불러일으킨다오.
아직 어렸던 나는 난생처음으로
신성한 공물로 제단을 장식하고 있었소.
그런데 갑자기 사원의 지붕이 갈라지더니
끔찍하게도 대리석에 핏물이 흐르기 시작했소.
제단이 한동안 흔들리다가 기울더니
보이지 않는 손이 내가 바친 공물을 밀어냈소.
벼락이 치고, 바람이 불더니
무시무시한 목소리가 들려왔소.
"다시는 이 신성한 장소를 더럽히지 마라.
신은 많은 인간들 가운데 너를 버렸다.
신은 너의 불경스러운 공물을 받지 않는다.
너의 공물은 복수의 여신을 위한 제단에나 갖다 바쳐라.
너를 물어뜯으려는 여신의 뱀은 조심해라.
가라, 네가 간곡히 기도를 올려야 할 신은 그들이다."
내가 놀라 정신을 못 차리고 있는데
이런 말을 들었다면 믿을 수 있겠소, 왕비?

들도 보도 못한 끔찍한 악행을 조합한 일을 말이요.
예전에 당신의 아들에게 겁을 주었다던 그 하늘이
내가 아버지를 죽일 것이라 말했다오.

이오카스테

아, 맙소사!

오이디푸스

그리고 내가 어머니의 남편이 될 거라고.

이오카스테

여기가 어디지? 어떤 악마가 우리를 결혼시켜
이런 끔찍한 운명에 몰아넣은 걸까?

오이디푸스

눈물을 흘리기에는 아직 이르오.
이제 당신은 그보다 더 무시무시한 이야기를 듣게 될 테니.
들어 보시오, 왕비. 당신은 두려움에 떨게 될 것이오.
나는 코린토스를 떠나야 했소.
죄를 짓게 될 내 손이 어느 날, 내 의지와는 상관없이 원수 같은 운명을 그대로 따를까 겁이 났소.
내 자신에게 너무나 의심스럽고 역겨운 나머지,
용기가 있더라도 감히 신에 대항하여 싸울 수는 없었소.
눈물을 흘리는 어머니의 손을 뿌리치고 떠나
이 나라 저 나라로 돌아다녔소.
그곳에서는 고향과 이름을 숨기고 다녔소.
친구 단 한 사람 하고만 말이오.
이 불행한 여행길에서 수많은 위험을 겪었지만,
나를 이끄는 신이 내게 용기를 주었소.
만약 그때 어느 전쟁터에서라도
왕자답게 죽어, 나의 예정된 운명을
피할 수 있었다면 차라리 행복할 텐데!
하지만 아마도 나는 부친 살해를 위해
살아 있어야 했던가 보오.
이제야 기억이 나는데, 포키스 벌판에서 말이요.
마치 최면에 걸렸다 깨어난 사람 모양
그토록 중대한 사건을 어떻게 완전히 잊고 지내왔는지
도무지 영문을 알 수가 없다오.
그토록 오랫동안 머리 위에서만 흔들리던 신의 손이
내 눈을 가리고 있던 가리개를 한순간에 걷어 내는 것 같소.

어느 좁은 길에서 나는 두 전사와 마주쳤소.
그들은 두 필의 준마가 이끄는 화려한 마차를 타고 있었소.
우리는 그 좁은 길에서 다투게 되었소.
자신이 먼저 지나가야 한다는 하찮은 명예와
대수롭지 않은 이익을 놓고 말이요.
나는 젊은 혈기에 기세등등했지. 왕족의 후예라는 자부심이
주는 지위를 항상 누리며 자라 온 나였으니 말이오.
비록 낯선 곳에서는 아무도 몰라봤지만
나는 여전히 아버지의 왕국에 있다고 믿고 있었소.
내 앞의 모든 사람들이
내 신하로, 내게 복종해야 할 사람으로 보였으니까.
나는 그들을 향해서 나아갔소.
그리고 격분한 팔을 휘둘러
흥분하여 날뛰는 말들을 제압했소.
동시에 마차에서 멀리 튕겨 나간 두 전사는
나에게 칼을 휘두르며 격앙되어 달려들었소.
하지만 우리들 사이의 승부는 쉽게 판가름 났소.
위대하신 신이시여, 은총인지 저주인지 알 수 없지만
당신이 나를 대신하여 그들과 싸우고 있었던 것이 아니오.
결국, 두 전사는 내 발밑에 쓰러졌소.

블데프

기억이 나는 것은 그들 중 한 명은 상당히 나이가 든 자였는데,
흙먼지 위에 쓰러진 채 내 얼굴을 유심히 바라보았소.
그는 나를 향해 두 팔을 뻗었소.
그리고 내게 뭐라 말하려 했소.
죽어 가는 그의 눈에서 눈물이 흐르는 것을 보았소.
나 역시 그를 찌르면서 가슴속에서 무언가를 느꼈소.
내가 완전한 승리자이기는 했지만 …. 왕비, 떨고 있군요.

이오카스테

왕이시여, 저기 포르바스가 오고 있습니다.
수행원들이 그를 데려오고 있어요.

오이디푸스

아아! 내가 그토록 끔찍하게 여기던 의구심도 곧 풀리겠구나!

제 2 장

오이디푸스, 이오카스테,
포르바스, 수행원들

오이디푸스

자, 가련한 사람아, 이리로 오게나, 가까이 ….
저자를 보니 내 마음이 또다시 흔들리는군.
혼란스러운 기억이 또다시 내 마음을 괴롭히는군.
저자를 심문하는 것이 두렵군.

포르바스

아아! 오늘이 바로 내가 죽어야 하는 날이란 말인가?
존경하는 왕비님, 저를 처형하라 명하신 것이 사실입니까?
왕비님께서는 유독 저만 부당하게 대하시는군요.

이오카스테

안심하세요, 포르바스.
그리고 왕께서 물으시는 말에 대답하세요.

오이디푸스

포르바스

왕께서!

이오카스테

그래요. 내가 당신을 이분 앞으로 부른 거예요.

포르바스

오, 신이시여! 라이오스 왕께서 돌아가셨건만!
당신이 나의 주인이라고!
당신이 왕이란 말이요?

오이디푸스

괜한 입씨름은 그만두자.
네가 라이오스 왕의 살해 현장을 목격한 유일한 증인이라지?
왕을 보호하려다가 도리어 네가 부상을 당했다지?

포르바스

왕이시여, 라이오스 왕은 돌아가셨소.
그의 유골이 편히 쉬도록 내버려 두시오.
당신의 손에 부상당한 충성스러운 신하의

불운을 적어도 모독하지는 마십시오.

오이디푸스

내가 너를 다치게 했다고? 누가? 내가?

포르바스

당신이 원하는 대로 하십시오.
성가신 목숨을 내게서 거두어 가십시오.
왕이시여, 당신의 팔, 신들렸던 그 팔로
당신의 손아귀에서 벗어난 자의 피를 마저 뿌리시오.
죽음의 골목길을 기억하고 있으니까요.
내 주군께서 돌아가신 그곳 ….

오이디푸스

불운한 인간아! 그만 말하거라.
모두 내가 했다. 알겠다. 됐어. 오, 신이여!
4년이 흐른 후에야 비로소
내가 눈을 뜨는 군요.

이오카스테

아아, 그렇다면 사실이란 말인가!

오이디푸스

아아! 화가 난 내가 다울리스 근처의
좁은 골목길에서 공격한 상대가 바로 너였구나!
그래, 너였어. 모른 척하려 해도 소용없는 일이지.
온통 내게 불리한 것들 뿐이고
나는 범인으로 지목 당하고 있지.
비록 내 눈이 충격을 받아 흔들린다 해도
너를 몰라볼 수는 없구나.

포르바스

맞습니다. 당신의 칼에 내 주군이 쓰러지는 것을 보았습니다.
죄는 당신이 저질렀는데, 의심은 내가 받았지요.
나는 감옥살이를 하는데, 당신은 왕좌에 앉아 있고요.

오이디푸스

가라, 이제 너에 대한 정당한 판결을 내릴 것이다.
가라, 내가 받아야 할 벌은 적어도 내가 정하게 내버려 두어라.

가라, 내가 불운한 죄인으로 만들어 버린 결백한 자를 보는
고통을 견뎌야 하는 모욕은 피하게 해다오.

제 3 장

오이디푸스
이오카스테

오이디푸스

이오카스테 …,

(내 행복을 시샘하는 운명이 당신을 결코

'아내'라 다정하게 부르지 못하게 하니)

당신은 내가 저지른 잘못을 알게 되었소.

그러니 결혼의 서약을 깨고

이 칼로 나를 찌르시오.

내 아내라는 끔찍한 굴레에서 벗어나시오.

오이디푸스

이오카스테

아아!

오이디푸스

내가 미쳐서 휘둘렀던 이 칼을 받으시오.
오늘은 보다 정당한 일에 이것을 쓰시오.
내 가슴 깊숙이 찌르시오.

이오카스테

뭐하는 거예요? 그만하세요.
이성을 마비시키는 고통을 진정시키세요.
죽으면 안 돼요.

오이디푸스

대체 무엇 때문에 내게 동정심을 갖는 거요?
나는 죽어야 하오.

이오카스테

죽으면 안돼요. 당신에게 간곡히 부탁하는 거예요.
내 청을 들어주세요.

오이디푸스

아! 아무런 말도 듣지 않겠소.

이오카스테

하지만 당신도 내 남편이에요.

오이디푸스

악행을 저질러 그렇게 된 것이요.

이오카스테

고의가 아니었잖아요.

오이디푸스

상관없소. 내가 저지른 짓이요.

이오카스테

오, 너무도 불쌍한 사람이야!

오이디푸스

오, 너무도 불행한 결혼이군!

오, 그토록 달콤한 사랑이었는데!

이오카스테

그 사랑이 끝난 건 아니예요. 당신은 내 남편이잖아요.

오이디푸스

아니오. 난 더 이상 당신의 남편이 아니오.
이 원수 같은 손이 우리를 이어 주던
신성한 결합을 완전히 끊어 놓았어.
나를 따라다니는 불행을 끌고 와
이 나라를 불행하게 만들었어.
나를 경계하시오.
내 뒤를 따라다니는 신을 두려워하시오.
어쩔 줄 모르고 날뛰던 용기가
도리어 나를 혼란에 빠뜨렸소.
이제 더는 내가 누구인지 모르겠소.
신의 분노를 산 내 끔찍한 운명이
당신에게마저 영향을 미칠까 두렵소.
설령 그리 되지는 않더라도 적어도
역병에 희생된 수많은 이들을 가엾게 여기며

두려워 말고 나를 찌르시오.
당신은 내게서 죄를 면해 주는 것이 되는 거요.

이오카스테

잔인한 운명 앞에서 자책하지 마세요.
당신은 불운한 사람일 뿐예요. 죄인이 아니에요.
다울리스에서 치른 그 불운한 싸움에서
누구를 죽이는지 당신 자신도 몰랐잖아요.
끔찍한 기억을 더 이상 떠올리지 않겠어요.
그저 내 자신이 딱할 뿐이에요.
당신을 벌할 수는 없어요. 죽지 마세요 ….

오이디푸스

나더러 계속 살라고! 그렇다면 당신을 떠나야겠소.
아아! 이 죽음 같은 목숨을 끌고 어디로 가야 하나?
어느 불행한 곳으로, 어느 슬픈 나라로 가서
나를 따라다니는 이 끔찍한 운명을 피해야 하나?
또다시 떠돌면서, 내 스스로를 기피하면서
또다시 사람을 죽이고 왕이 될 것인가?
더 큰 죄를 짓도록 예정된 슬픈 운명이

기다리는 코린토스로 가야 하나?
코린토스! 절대로 그 역겨운 곳에는 ….

제 4 장

오이디푸스
이오카스테
디마스

디마스

폐하, 어느 낯선 이가 찾아왔습니다.
코린토스에서 왔다며, 폐하를 뵙고자 합니다.

오이디푸스

그래, 잠시 후에 그를 만나겠다.

(이오카스테에게)

작별합시다. 더는 당신이 눈물을 흘리는 일이 없기를 바라오.

더는 이 불행한 오이디푸스를 보는 일은 없을 거요.
끝났소. 왕위도 내놓겠소. 더는 당신의 남편이 아니오.
더는 왕이 아니니, 당신의 남편도 아닌 것이오.
떠나겠소. 엄청난 고통이 따르겠지만
죄를 짓지 않아도 되는 나라를 찾아가겠소.
비록 나라는 없지만,
당신과 멀리 떨어진 곳에서 왕답게 살면서
당신이 눈물을 흘려 줄 만한 가치가 있는 사람이 되겠소.

●

제 4 막
끝

볼테르

제 5 막

그래, 마침내 그 끔찍한
신탁이 실현된거야.
어차피 피할 수 없는 것을
두려운 마음에 조급하게 군거야.
그래, 결국 근친상간과 부친 살해,
두 죄악을 범하면서도 나는 당당했어.
쓸데없는 용기, 쓸데없고 불길한 말이지.

제 1 장

오이디푸스, 이다스페스,
디마스, 합창대,
수행원들

오이디푸스

안타까워하지 마라. 그리고 눈물을 거두어라.

내가 떠나는 것이 너희에게는 슬프지만,

나에게는 즐거운 일이다.

내가 떠나야 너희의 불행이 금세 사라진다.

너희의 왕을 보내야 너희의 생명이 구원을 받는다.

이제 만백성들의 앞날에 고하겠다.

나는 이 나라를 구하고서 왕위에 올랐다.

왕위에 올랐듯이 나는 왕위에서 물러날 것이다.*

나는 역경 속에서도 명예를 지킬 것이다.

내 운명은 늘 너희를 살리는 것이다.

---

* 1775년 판본에서는 필록테테스를 후임 왕으로 추천한다.

오이디푸스

(수행원들에게)

포르바스를 데려와라. 왕의 부름이라 그에게 전해라.

내가 그를 불행하게 했으니

그 불행에서 벗어나게 하는 것만으로는 부족하다.

내가 벌을 받는 것으로도 부족하다.

그의 불행을 위로해 주어야 한다.

그에게 미안한 내 마음을 전달하고서

적어도 왕답게 내 자리에서 물러나야겠다.

아까 그 낯선 자를 내 앞으로 데려오거라.

너희는 그대로 있어라.

제 2 장

오이디푸스, 이다스페스,
이카루스, 수행원들

오이디푸스

이카루스, 당신이오?

어릴 적부터 나를 돌봐 준 당신이
아버지 폴리보스 왕의 총애를 받아 온 당신이
무슨 일로 우리를 찾아온 것이요?

이카루스

왕자님, 폴리보스 왕께서 돌아가셨습니다.

오이디푸스

아, 이 무슨 소식인가?
아버지 ….

이카루스

왕자님도 폐하의 죽음을 예상하셨겠지요.
연로하셔서 돌아가신 겁니다.
천수를 다 하시고 제가 보는 앞에서 눈을 감으셨습니다.

오이디푸스

신이여, 당신의 신탁은 어떻게 된 겁니까?
내 나약한 용기를 흔들어 놓더니!
부친 살해라는 끔찍한 일을 예고하더니!

아버지는 돌아가셨소. 당신은 나를 속였소.
당신의 의도와는 달리, 내 손에
그의 피를 묻히지 않았는데도 말이요.
이렇게 내가 그릇된 판단의 노예가 되어
상상 속의 불행으로부터 벗어나려는 생각에 사로잡혀
현실 속의 불행에 삶을 내던졌소.
내 슬픈 운명을 너무 쉽게 믿고 따랐소.
오, 하늘이여! 내 가족이 죽어야 내가 산다면
내 가족이 죽었는데도 파렴치하게도 다행스러워한다면
아버지의 죽음이 내게는 신의 은총이라면
이보다 더한 불행이 어디에 있단 말인가?
가자, 가야지. 아버지의 영전으로.
장례 공물을 바치는 도리를 다해야지.
가자니까? 왜 아무 말이 없소? 우는 것이요?
왜 말없이 ….

이카루스

오, 하늘이여! 이런 말을 해도 되려나 ….

오이디푸스

불행한 소식이 더 남아 있소?

이카루스

잠시 주위를 물리시고 제 말을 들어주시겠습니까?

오이디푸스

(수행원들에게)

물러들가라. 대체 이 사람이 무슨 얘기를 하려는 거지?

이카루스

왕자님, 이제 코린토스 생각은 잊으십시오.
그곳에 가면 왕자님의 목숨이 반드시 위태로워집니다.

오이디푸스

아니! 누가 감히 내가 가는 길을 막는단 말이오?

이카루스

다른 사람이 폴리포스 왕의 자리를 물려받았습니다.

오이디푸스

오이디푸스

이제 됐나? 이것이 불행한 운명이 쏜 마지막 화살인가?
운명아! 더 계속해, 계속하라고. 나를 무너뜨리진 못해.
그렇소! 내가 왕이 될 거요. 이카루스, 싸우러 갑시다.
달려가 불충한 신하들 앞에 내 모습을 드러내 보입시다.
반란을 일으키는 불쌍한 놈들 앞에서
적어도 명예롭게 죽음을 맞이할 수 있을 테니까.
이대로 테베인들의 땅에서 죽는다면,
나는 죄인으로 죽는 것이요.
나는 왕으로 죽어야 하오. 원수들은 어떤 자들이요?
말해 보시오. 어떤 낯선 자가 내 왕좌에 앉았단 말이요?

이기루스

폴리보스 왕의 사위입니다. 그리고 왕께서 돌아가시면서
그의 머리에 손수 왕관을 씌워 주셨습니다.
모든 백성이 새로운 주인을 따르고 있습니다.

오이디푸스

뭐라고, 내 아버지가? 아버지마저도 나를 버리셨어?
아버지마저 반역의 공모자라고?

아버지께서 나를 왕좌에서 내쫓으시다니!

이카루스

아닙니다.

그분께서는 옳은 일을 하신 겁니다.

왕자님은 그분의 아들이 아니셨습니다.

오이디푸스

이카루스!

이카루스

안타깝지만, 이 엄청난 비밀을 밝히려니 몹시 떨립니다.

하지만 말해야 합니다. 왕자님, 온 나라가 ….

오이디푸스

내가 그분의 아들이 아니었다고!

이카루스

그렇습니다, 왕자님. 그리고 폴리보스 왕께서는

돌아가시면서 모든 것을 밝히셨습니다.

급히 참회하시며, 코린토스를 지키기 위해
왕자님을 포기하겠노라 말씀하셨습니다.
저는 그분의 비밀을 아는 친구이자, 공모자였기에
신임 왕의 엄중한 처벌이 두려운 마음에
왕자님의 도움을 청하러 이곳으로 오게 되었습니다.

오이디푸스

내가 그분의 아들이 아니었다고?
그렇다면, 맙소사! 내가 누구란 말인가!

이카루스

어린 왕자님을 제게 맡긴 하늘이
왕자님의 탄생에 관한 이야기를
칠흑 같은 어둠으로 덮고 있습니다.
제가 알기로, 왕자님은 죄인의 운명을 타고나
인적이 드문 산속에 버려졌습니다.
제가 아니었다면, 왕자님은
세상의 빛을 보지 못했을 겁니다.

오이디푸스

태어나면서부터 불행이 시작되었군.

나는 태어나면서부터 집안의 흉물이었어.

어디에서 나를 발견했소?

이카루스

키타이론 산입니다.

오이디푸스

테베 근처 말이요?

이카루스

어느 테베인이 왕자님의 아버지라 말하며

그 외딴 곳에 아기 왕자님을 데려다 놓았습니다.

마음씨 좋은 신이 저를 왕자님께 인도했습니다.

저는 불쌍한 마음이 들어 왕자님을 품에 안았지요.

그리고 목숨이 꺼져 가는

왕자님의 몸속에 온기를 불어넣었습니다.

그러자 왕자님은 되살아났고,

저는 곧바로 왕자님을 코린토스로 데려갔습니다.

저는 폐하께 왕자님을 보여드렸지요.

왕자님에게는 행운이었지요!

폐하께서는 죽은 아들을 대신하여 왕자님을 입양했습니다.

이렇듯 교묘하게 손을 쓴 덕분에 정치는 안정되었고

불안했던 권력 기반을 오랫동안 확고히 할 수 있었습니다.

왕자님은 폐하의 아들로 길러졌습니다.*

바로 왕자님을 구한 제 손으로요.

하지만 사실상 왕좌는 왕자님의 것이 아니었습니다.

필요해서 왕자님을 끌어들였다가

실수였음을 깨닫고 왕자님을 쫓아낸 것이지요.

오이디푸스

오, 제왕들의 운명을 좌지우지하는 신이시여!

단 하루 동안 이렇듯 한꺼번에

온갖 시련을 제게 안겨 주어야 합니까?

거짓 신탁으로 공격을 준비하더니

---

* 원문에는 '그분(폐하)의 아들의 이름으로'로 되어 있다. '그분(폐하)의 아들 자격'이라는 의미로 해석하여, 위와 같이 옮겼다.

하찮은 인간 하나를 해치겠다고 기적을 다 써 버리는 겁니까?

(이카루스에게)
그런데, 당신에게 나를 넘겨주었다는 그 노인은
그 비극적인 순간 이후로는 한 번도 만난 적이 없소?

이카루스
전혀 없습니다. 이미 죽었는지도 모르지요.
그 사람만이 왕자님이 누구의 핏줄인지
말해 줄 수 있을 텐데 말이지요.
하지만 그의 생김새가 저의 뇌리에 오랫동안 박혀 있고
그의 모습이 너무도 인상적이라서
그가 나타난다면 즉시 알아볼 수 있을 것 같습니다.

오이디푸스
딱하구려! 그자를 알아봐서 무엇하겠다고?
차라리 신과 뜻을 함께하며 내 눈을 멀게 하는
이 행복한 착각을 소중히 여기며 사는 편이 낫겠소.
내 운명이 조금씩 보이는 것 같소.
이와 같은 잔인한 확인 과정을 통해

새록새록 끔찍한 사실만이 드러나리라는 것을
잘 알고 있소. 불행을 예견할 수는 있지만
내 의지를 거스르는 호기심 때문에 나는
이 모호한 상황에 그대로 만족할 수가 없다오.
이 불행한 상황에서 드는 의구심은 견디기 힘든 고통이오.
나를 비추는 밝은 횃불이 혐오스럽소.
나 자신을 알기가 두렵소. 하지만 나 자신을 모를 수는 없소.

제3장

오이디푸스
이카루스
포르바스

오이디푸스

아! 포르바스, 이리 오게!

이카루스

정말 놀랍군. 저 사람 말야, 보면 볼수록
아! 왕자님, 저 사람입니다. 저 사람이에요.

포르바스

(이카루스에게)

실례합니다만, 누구신지 ….

이카루스

아니! 키타이론 산을 기억하지 못한단 말입니까?

포르바스

무슨 얘기요?

이카루스

아니! 당신이 내게 넘겨준 아이 ….
죽기 직전이었던 그 아이 ….

포르바스

아! 무슨 얘기를 하는 거요?
대체 무엇 때문에 나를 괴롭히는 거요?

이카루스

자자, 겁먹거나 혼란스러워 마시오.

지금 여기에는 당신이 기뻐해야 할 일밖에 없으니까요.

오이디푸스 왕이 그 아이입니다.

포르바스

벼락이나 맞아라!

이 정신 나간 인간아, 뭐라고 했느냐?

이카루스

(오이디푸스에게)

왕자님, 의심할 바 없습니다.

이 테베인이 무슨 소리를 하든

이 사람이 제게 왕자님을 주었습니다.

왕자님의 운명이 밝혀졌습니다.

이분이 왕자님의 아버지십니다.

오이디푸스

오, 이 무슨 혼란스러운 운명이란 말인가!

오, 불행이 극에 달하는구나!

(포르바스에게)
내가 당신에게서 태어났소? 당신이 피를 흘려야 ….

포르바스

왕께서는 제 아들이 아니십니다.

오이디푸스

뭐라고! 당신이 어린 나를 내다 버린 것이 아니었소?

포르바스

폐하, 이만 물러가도록 허락해 주십시오.
이 끔찍한 대화를 멈추도록 허락해 주십시오.

오이디푸스

포르바스, 그 무엇도 내게 숨기지 마시오.

포르바스

떠나십시오, 폐하. 폐하의 아이들과 왕비님을 떠나십시오.

오이디푸스

대답하시오. 거부해도 소용없소.
죽을 운명이었던 그 아이를 당신이

(이카루스를 가리키며)

저자에게 건넸소?

포르바스

예, 제가 그에게 건네주었습니다.
그때 내가 죽었어야 하는데!

오이디푸스

아이의 나라는 어디였소?

포르바스

테베였습니다.

오이디푸스

당신이 아이의 아버지가 아니란 말이오?

포르바스

아아! 그 아이는
더 훌륭하지만, 더 불행한 가문의 핏줄이었습니다.

오이디푸스

그 아이는 도대체 누구였소?

포르바스

(왕의 발밑에 엎드리며)
어쩌시려고요, 폐하?

오이디푸스

말하시오. 어명이요.

포르바스

이오카스테 왕비님께서 어머니이십니다.

이카루스

이것이 내가 동정심을 발휘하여 보살핀 결과란 말인가?

오이디푸스

포르바스

우리 둘이서 무슨 짓을 한 거요?

오이디푸스

예상치 못한 것은 아니야.

이카루스

왕자님 ….

오이디푸스

물러가라. 잔인한 인간들아! 내 눈앞에서 사라져라! 너희의 그 역겨운 동정심이 치를 대가를 두려워하거라. 도망쳐라. 너희가 지켜 준 끔찍한 삶을 내가 살아야 했으니 나를 살려준 댓가로 가혹한 벌을 내릴 것이다.

제 4 장

오이디푸스

오이디푸스

그래, 마침내 그 끔찍한 신탁이 실현된거야.

어차피 피할 수 없는 것을 두려운 마음에 조급하게 군거야.

그래, 결국 근친상간과 부친 살해,

두 죄악을 범하면서도 나는 당당했어.

쓸데없는 용기, 쓸데없고 불길한 말이지.

용기여! 혐오스러운 내 삶을 너에게 의지해 왔지만

암울한 운명을 거스를 수는 없었어.

함정을 피하려면 할수록 나는 점점 더 빠져들고 있었지.

더 강력한 신이 나를 죄악으로 끌고 들어갔어.

도망치려는 내 발밑에다 파멸의 구덩이를 파고 있었지.

원치 않았지만 나도 모르게

알 수 없는 힘의 노예이자 도구가 되어 있었어.

이 모든 것이 나의 죄야. 단지 그뿐이야.

무자비한 신이여! 내가 저지른 죄는 곧 당신의 죄요.

볼테르

그런데도 당신이 내게 벌을 주겠다고요? 여기가 어디지?

우리를 비추던 빛을 무섭게 가리는 이 어둠은 뭐지?

벽이 피로 물들었구나. 복수의 여신이

부친 살해범을 벌하기 위해 횃불을 흔드는구나.

번개가 내게 떨어지려는 것 같아.

지옥문이 열리고 있어.

오, 라이오스여! 오, 아버지여! 당신이시오?

보여. 알아보겠어. 그에게 입힌 깊고 치명적인 상처.

이 죄 많은 손으로 아버지의 배에 입힌 상처를.

벌을 주시오. 복수하시오. 저주받은 이 괴물에게.

자신을 낳아 준 몸을 더럽힌 괴물한테 말이요.

이리 오시오. 나를 지옥으로 데려가 주시오.

망령들조차 겁에 질릴만큼

나 자신에게 혹독한 형벌을 가하겠소.

자, 아버지를 따라가겠소.

제 5 장

오이디푸스, 이오카스테,
에기네, 합창대

이오카스테
왕이시여, 나를 두렵게 하지 마세요.
당신의 무시무시한 고함이 내 귀에까지 들려왔어요.

오이디푸스
땅이여, 벌어져라! 나를 집어삼켜라!

이오카스테
대체 어떤 불행이 별안간 들이닥쳐 당신을 괴롭히나요?

오이디푸스
내가 지은 죄들이요.

이오카스테
그럴 리가요.

오이디푸스

내게서 달아나시오, 이오카스테!

이오카스테

아! 너무 잔인한 남편이네요!

오이디푸스

이런 딱한 사람 같으니라고! 그만하시오.
대체 무엇이라 부르는 거요?
내가 당신의 남편이라고! 그 역겨운 호칭은 버리시오.
서로가 서로에게 끔찍한 존재가 되어 버리는 그 호칭을.

이오카스테

무슨 말인가요?

오이디푸스

됐소. 모두 다 우리의 운명대로 이루어졌소.
라이오스 왕이 내 아버지였소. 그리고 나는 당신의 아들이오.

(오이디푸스, 퇴장한다.)

합창대의 첫 번째 인물

오, 죄악이로다!

합창대의 두 번째 인물

소름끼치는 날이야! 너무도 끔찍한 날이야!

이오카스테

에기네, 나를 이 무시무시한 궁궐 밖으로 데려가 줘.

에기네

아아!

이오카스테

이토록 엄청난 불행을 목격한 네 마음이 아프다면
떨리지 않는 네 손이 여전히 나를 붙잡아 줄 수 있다면
나를 도와줘. 부축해 줘. 나를 불쌍히 여겨 줘.

합창대의 첫 번째 인물

신이여! 당신의 분노를 이렇게 끝내는 겁니까?
당신이 베풀고자 하는 죽음과도 같은

자비를 모두 거둬 가십시오.

잔인한 신이시여!

차라리 우리에게 영원한 벌을 주는 편이 나았습니다.

제 6 장

이오카스테, 에기네,
대사제, 합창대

대사제

백성들이여, 다행히 폭풍이 물러가고 평화가 찾아왔다.

밝은 태양이 너희 머리 위로 또다시 떠오르고 있어.

역병의 열기는 더 이상 불붙지 않고

파헤쳐졌던 무덤 자리는 이미 도로 덮였다.

죽음은 사라지고, 하늘과 땅을 다스리는 신은

천둥소리로 자비로움을 알리고 있다.

(이때, 천둥소리가 들리고 하늘이 번쩍인다.)

이오카스테

번개가 치는구나! 여기가 어디지? 이게 무슨 소리야?
비정한 …!

대사제

끝났습니다. 신이 원하는 대로 됐습니다.
망자들의 세상에 계시는 라이오스 왕께서는
왕비님을 더 이상 원망하지 않습니다.
라이오스 왕께서는 왕비님께서 통치하면서
살아가기를 바라십니다.
오이디푸스의 피가 마침내 그의 분노를 가라앉혔습니다.

합창대

신이여!

이오카스테

오, 내 아들! 아아! 내 남편이라고 해야 할까?
오, 가장 소중한 두 이름의 끔찍한 결합이로구나!
그래, 그는 죽었나요?

대사제

그는 살아 있습니다. 그를 괴롭히는 운명은
산 자들에게도 죽은 자들에게도 못 가게 합니다.
그는 죽기보다는 빛을 포기하기로 했습니다.
검으로 자신의 눈을 찔렀습니다.
아버지의 피가 묻었던 검으로 말입니다.
그의 운명은 실현되었습니다. 그리고 그 불행한 순간에
테베인들이 구제되는 첫 신호가 나타났습니다.
그것은 하늘의 명령이었습니다. 하늘이 분노를 거둔 것이지요.
하늘은 자기 뜻대로 정의를 실현하거나
인간에게 자비를 베풉니다.
하늘이 쏜 화살 모두가 불행한 아들의 머리 위로 떨어졌습니다.
왕비님은 계속 살아가십시오. 하늘이 왕비님은 용서했습니다.

이오카스테

나는 내가 벌해야 해.
(자신을 칼로 찌르며)
신의 고약한 권능 때문에 내가 근친상간을 저질러야 했으니
오로지 죽음만이 옳은 길이며, 내게 남은 단 하나의 신이야.
라이오스, 내 피를 받아요.

당신을 따라 망자의 세상으로 가겠어요.
정숙하게 살았으므로, 나는 부끄러움 없이 죽습니다.

합창대
오, 불쌍한 왕비님! 오, 끔찍한 운명이여!

이오카스테
오직 내 아들만 불쌍히 여겨 줘.
그는 아직 살아 숨 쉬고 있으니까.
사제들이여, 나의 신하였던 테베인들이여!
나의 죽음을 칭송하라. 그리고 영원히 기억하라.
나를 억누른 그 지독한 운명의 한가운데서조차
나로 하여금 죄를 짓게 한 신을 부끄러워하게
만든 것이 바로 나였다는 사실을!

●

제 5 막
끝

부록

변장한 오이디푸스

도미니크 지음
김덕희 옮김

Œdipe travesti
- Parodie de la Tragédie d'Œdipe de M. De Voltaire
by Pierre-François Biancolelli, dit Dominique, 1719.

이 책은 Edition Firmin-Didot (1889, Paris)에서 펴낸
『Le Théâtre de la foire, la Comédie-italienne et l'Opéra-comique.
1ère série, 1658 à 1720 : recueil de pièces choisies,
jouées de la fin du XVIIe siècle aux premières années du XIXe siècle,
avec étude historique, notes et table chronologique』중,
pp.399-424을 원본으로 삼아 번역하였다.

이 판본의 소장처와 소장번호는 아래와 같다.
프랑스국립도서관(Richelieu), Arts du spectacle,
8-RO-1724

등장인물

콜롱빈Colombine
부르제에 사는 여관 주인

클로딘Claudine
콜로빈의 하녀

스카라무슈Scaramouche
술집 종업원

트리블랭Trivelin
콜롱빈의 남편이자 아들

핀브렛트Finebrette
가스코뉴 출신 기사

훈장

뤼카Lucas
농부

농부 여러 명

시몽Simon
노인

기욤Guillaume
몽마르트르의 요리사

블레즈Blaise
핀브렛트의 친구

무대는 부르제다.

제 1 장

핀브렛트
블레즈

블레즈

핀브렛트가 부르제에 오다니!
대체 무슨 바람이 분거요?
망할, 우리와 함께 지내려면
조심해야 할 거요.
이곳에는 지금 역병이 돌고 있소.
그래서 무더기로 죽어 가고 있소이다.
여기에 발을 들여놓다니, 정말 겁도 없군요!
우린 살아 있는 사람들과는 완전히 딴 세상에 있는 기분이오.
죄다 전염병에 걸렸단 말이오.
죽음이 마을 사람들 절반의 목숨을 앗아가 버렸소.
그러니 왔던 길로 되돌아가시오.

핀브렛트

아닐세. 나는 용기가 넘쳐 나네.

변장한 오이디푸스

됐네. 죽음이 늘 내 곁에 있어도 두렵지 않았네.
죽음이 나처럼 용감한 자는 감히 공격하지 못하지.
나는 살기등등한 죽음의 칼날도 두렵지 않아.
죽음이 날 끝장내려고 공격해 온다면 말이지,
제기랄, 나는 그놈이 멀리 줄행랑치게 만들 걸세.

블레즈

그래도 부디 너무 자만하지는 마시오.

핀브렛트

그 끔찍한 죽음이 내뿜는 살인적인 광기는
내 연인의 목숨은 보전해 주었는가?
콜롱빈 말이야 ….

블레즈

그녀는 살아 있소. 어찌된 영문인지는 모르지만 ….

핀브렛트

그 여인은 성격이 늘 활달했지.
그런데 어쩌다 이런 난리가 난 거지?

대체 어쩌다 이 동네에 전염병이 도는 거지?

블레즈

우리의 소중한 피에로님이 돌아가시고 나서 ….

핀브렛트

무슨 소리야? 제기랄, 누가 이런 일을 생각이나 했겠나!
피에로가 이 세상 사람이 아니라고?
아니, 이런 희소식이 있나!
그자의 아내가 과부가 됐다고?
그렇다면 내가 그녀와 합치면 되겠군.
내 마음속에서 꺼졌던 희망이 되살아나는걸.
그녀는 산 사람을 대하다 보면,
죽은 사람은 금방 잊을테니까.
그나저나, 그 망자는 어쩌다 목숨을 잃었나?

블레즈

4년전쯤, 어느 원수 같은 놈의 손이
순식간에 숟가락을 놓게 만들었지요.
그 양반은 살해되었다오.

핀브렛트

비열한 짓이군, 그래!

하지만 그 빈자리를 메울 수 없는 것은 아니지.

내 인정하지. 피에로는 호인이었어.

하지만 그자의 신분은 무엇이었나?

그저 싸구려 여관 주인이었잖아.

나로 말할 것 같으면, 귀족이지 게다가 싸움 잘하는 군인이지.

갖은 목소리를 내는 여신도 내 무훈에 푹 빠져

그것을 알리느라 목이 쉬었지 ….

블레즈, 내 사랑 이야기를 자네에게 털어놓고 싶어.

서로 멀리 있어도 시간이 흘러도, 내 사랑은 변하지 않았어.

전쟁의 신조차 나의 변함 없는 사랑을 이길 수 없었어.

여보게, 콜롱빈*말야, 난 여전히 그녀를 가슴에 품고 있다네.

우리는 어려서부터 서로 사랑했지.

그리고 늘 함께 놀곤 했어.

아! 정말 쾌활하고 재미있는 여자였는데 말야!

하지만 그녀는 어린 나이에 이미 단단한 것을 좋아했어.

---

* 콜롱빈은 프랑스어로 '산비둘기'라는 의미도 있다.

그리고 소녀로 사는 걸 일찌감치
지겨워하는 게 한눈에 보였지.
그녀가 결혼하고 싶어 하는 걸 알고 난 은근히 좋아했고.
그녀는 이미 조숙한 여자였어.
피에로가 그녀의 남편이 됐지. 내 사랑은 실패했고!
그 웃기는 인간이 나를 완전히 바보로 만들었다고.
그래서 난 입대하여 플랑드르로 떠났어.
하지만 그녀에 대한 내 사랑을 멈출 수는 없었어.
사이프러스의 아들*에게 영광을 내주지 않으려고
나는 전공을 쌓아 온 세상을 놀라게 했어.
그리고 내 머리에 불멸의 월계관이 씌워졌지.
그토록 많은 전공을 쌓고 왔으니
콜롱빈이 내게 월계관을
씌워 주는 것이 당연한 일이야.
그리고 내 완벽한 사랑이 결혼으로 이어지는 것도 당연하고.
그녀를 떠나 먼 곳에서 아주 힘겨운 고난을 이겨냈으니까.

---

* 사이프러스가 비너스의 섬이므로, 사이프러스의 아들은 비너스의 아들인 큐피트, 즉 사랑을 뜻한다.

변장한 오이디푸스

블레즈

나리의 체격으로는 과부들을 만족시킬 수 없죠.
나리가 피에로의 자리를 제대로 메울 수 있을까 걱정이오.
나리는 너무 호리호리하단 말이오.

핀브렛트

나를 바보로 아나?

블레즈

최소한 자리가 빌 데까지는 기다리셔야죠.

핀브렛트

블레즈, 그건 또 무슨 소린가?

블레즈

그럼, 나리는 대체 무슨 일을 벌이겠다는 거요?
그녀의 두 번째 남편에게 모욕이라도 안기겠단 말이오?
트리블랭은 아내의 사랑을 듬뿍 받고 있소이다.
멀쩡히 살아 있는 그의 침대에 들었다가는
솔직히 말해, 나리는 살아 나오지 못할 거요.

핀브렛트

놀라서 정신이 다 어질어질하네.

까무러치게 할 만큼 솔직한 소리군.

나는 상상도 못해 본 일인데 말야.

과부가 급했군. 그것이 필요해서 ….

흥분하지 말고 잠시 생각을 해 보자.

첫 번째 남편이 죽어서 그녀가 혼자가 되었다.

두 번째 남편과도 그렇게 될 수 있지.

기다려야 해. 내가 세 번째 남편이 될 수도 있으니까.

블레즈

그렇지요. 나리가 그녀와 결혼하겠지요.

그렇게 기대를 하셔야지요.

어쩌면 그녀가 나리 역시 땅에다 묻을 수도 있고요.

(두 사람, 퇴장한다.)

제 2 장

콜롱빈
스카라무슈
클로딘

스카라무슈

아, 마을 사람 모두가 핀브렛트 나리를 지목하고 있어요.
마님, 말은 안 하지만 그 양반을 의심하고 있다고요.
주민들은 분노에 차 확신하고 있어요.
피에로가 그의 손에 죽었다고요.
그 양반이 죗값을 치르고 나면, 우리의 고통이 멈추고
우리를 죽음으로 내모는 페스트도 끝날 거라고요.
왜냐하면 존경받는 피에로 나리가 죽고 나자
온갖 불행이 한꺼번에 몰려왔거든요.
양들은 옴에 걸리고, 벌판은 메말라
더는 일용한 양식을 얻을 수가 없게 되었지요.
부르제 전역에 역병의 손을 타지 않은 말은 없을 지경이지요.
남자들은 9주희 놀이*를 하러 갈 엄두도 내지 못하고,

---
* 볼링과 유사한 놀이다.

여자들은 죄다 황달에 걸려 얼굴이 망가지고 있어요.

콜롱빈

세상에, 이게 무슨 소리야? 어떻게 그분을 의심할 수가 있어?
이런 말도 안 되는 소리를 듣고 어떻게 놀라지 않을 수가 있어?
클로딘, 어떻게 ….

클로딘

저도 깜짝 놀랐어요.

콜롱빈

핀브렛트를, 사람들이 ….

스카라무슈

네, 마님. 그분을요.
사람들이 그릇된 판단을 내릴 리가 없어요.
사실 그분 말고 또 누구를 의심할 수 있겠어요?
저는 알고 있어요.
그 젊은 양반이 마님께 달콤한 말을 속삭였다는 것을요.
두 분이서 함께 자주 별장에 간 것도요.

그리고 마님의 남편이 질투심에 눈이 멀어
마님이 바람이 난 것으로 의심을 한 것도요.

콜롱빈

스카라무슈, 그런 말은 그만해요.
당신 말은 틀렸어. 당신 그리고 마을 사람들 전부.
다들 나가요.

제 3 장

콜롱빈
클로딘

콜롱빈

감히 그를 비난하다니!
뻔뻔하게도 말이야!
이건 그의 인격에 대한 진짜 말도 안 되는 모독이야.

클로딘

정말 안타까워요, 마님!

콜롱빈

아, 클로딘!
당찮은 의심이 콜롱빈을 슬프게 하는구나.
핀브렛트를 범인으로 지목하다니!
상상이나 할 수 있는 일이니?

클로딘

몇 가지 이유가 있어요. 그분을 죄인이라고 하는 데에는 ….

콜롱빈

그가 살인을 저질러 자신의 영혼을 더럽혔다고!
그건 비겁한 범죄자들이나 하는 짓이라고.
아니야, 그가 그런 비열한 짓을 했을 리가 없어.
그는 귀족인데다가 가스코뉴* 남자인걸.

---

* 프랑스 남서부 지방이다.

도미니크

이런 의심이 내 신경을 자극한다는 걸 알아 둬.
내가 좋아하는 그가 훌륭한 남자라는 것도 말이야.

클로딘

오랫동안 마님을 좋아한 핀브렛트 나리가
어째서 마님의 남편이 되지 못했나요?

콜롱빈

서로 열렬히 사랑했지만 소용이 없었어.
영혼을 불태운 사랑에도 불구하고
그는 우리 부모님의 허락을 얻을 수 없었거든.
부모님은 딸의 사랑을 마음대로 정하는
완고한 분들이니까.
우리 아버지는 피에로가 부자인 걸 알고
당연히 핀브렛트보다 그를 더 좋아했지.
나는 피에로의 품에 안기면서
첫사랑과 그의 맹세를 잊어야 했어.
핀브렛트는 입대해서 군인이 되었고.
그는 떠났어.
이 결혼을 지켜보는 일은 그에게 큰 고통이었으니까.

불행한 순간이 지난 후, 가스코뉴 용사는
전쟁에서 공을 세워 대단히 유명해졌지.
사람들은 그의 용기를 칭송했어. 신문에서도
핀브렛트의 용맹에 대해 여러 번 나왔잖아.

클로딘

그렇게 마음에 들었다면서, 첫 남편과 사별한 후
어째서 그분과 결혼하지 못하셨어요?

콜롱빈

커다란 늑대 한 마리가 우리 마을을 엉망으로 만들어 버렸어.
그런데도 어느 누구도 용감하게 싸울 엄두를 못 내더군.
그때, 용감무쌍한 트리블랭이 목숨을 걸고
이 사나운 짐승을 죽여 우리의 원수를 갚겠다고 나섰던 거야.
그는 마을 여자들 가운데 한 사람을 상으로 요구했어.
가장 풍만한 여자와 결혼하겠다고 말이야.
너도 알다시피 그게 누구인지는 뻔했지.
마을 사람들을 위해 나는 그 제안을 받아들여야 했고.
당시 핀브렛트는 내게 별로 중요하지 않았으니까.
트리블랭이 늑대를 잡는 바람에 그와 결혼해 버렸지.

늑대를 죽인 자는 나를 얻을 자격이 있었으니까.

클로딘

아! 마님, 핀브렛트 나리가 여기로 오시네요.

콜롱빈

견딜 수 없을 것 같아. 그를 만나지 말자.

제 4 장

핀브렛트
콜롱빈
클로딘

핀브렛트

이봐요, 나를 피하는 거요?
아니, 내가 당신을 두렵게 하오?
이리 와서 나를 봐요.

와서 내 말을 들어 보고, 나와 얘기 좀 해요.
나는 당신을 나무라기 위해 온 게 아니오.
어쨌든 나는 당신을 아내로 얻지 못했는데,
안타깝지만, 그렇다고 어쩌겠소?
목이라도 매야 하나?
쓸데없는 짓이지. 그만둡시다.
당신은 절대로 혼자 살 사람이 아니었어.
귀여운 여인이여, 부부 생활은 어떠시오?
트리블랭 그자는 똑똑하오? 사리분별은 잘 하고?
당신은 그자에 만족하오? 자식은 두었소?

콜롱빈

네, 그래요.

핀브렛트

제기랄, 당신은 애도 쑥쑥 잘 낳는군! 아주 잘 됐소.
나는 말이오, 세상을 돌아다니며 죽도록 싸웠소.
수차례 적군을 벌벌 떨게 만들었지.
당신도 알다시피, 나는 여행을 많이 했소.
아, 그렇다고 당신이 여행을 안 했다는 말은 아니요, 내 사랑.

도미니크

남편이 둘이라니! 제기랄, 당신 참 수완도 좋군.
당신을 비난하려는 것은 아니요.
누구에게나 필요한 것은 있기 마련이니까.
하지만 내 사랑, 만일 내가 멀리 떠나 있지 않았더라면,
그놈의 커다란 늑대가 날뛰던 그때 말이요.
당신은 내가 그놈에 맞서 싸우는 것을 보았을 거요.
내가 그놈을 아주 쉽게 때려잡아서
당신 발밑에 끌어다 놓았을 거요.
그런데 나보다 운이 좋은 트리블랭이 그놈을 잡았더군.
내 손으로 죽였어야 하는데 말야.
그에게 빼앗기다니, 내가 단단히 운이 없었던 거야.

콜롱빈

분통 터지는 그런 일은 그만 잊으세요. 그보다는
당신이 들으면 놀랄 아주 흉흉한 소문이 돌고 있어요.
동네 사람들이 미쳐서 당신을 피에로의
살인범으로 지목하고, 주장하고 ….

핀브렛트

지금 농담하는 거요?

뭐라고, 내가 그런 범죄를? 내가 살인을?
그것도 당신 남편을! 당신 그딴 소리를 믿는 건 아니지?

콜롱빈

물론 그깟 소문은 믿지 않아요. 그리고 당신이
그런 모함에 대응하기를 바라는 것조차
당신을 모욕하는 일이란 걸 알아요.
하지만, 사람들이 당신을 의심하는 한
경관들은 당신을 감옥에 가두려고 할 거예요.

핀브렛트

감옥이라고? 무슨 소리요? 그들이 감히 나를 감옥에 가둔다고!
설마 그런 짓은 못할 거요.
빌어먹을! 핀브렛트에게 농담 따윈 통하지 않는다고!
경관 나리들, 어디 한번 잡으러 와 보시지.
제기랄, 서른 명이 덤빈다 해도 모조리 때려눕혀 줄 테니까.

변장한 오이디푸스

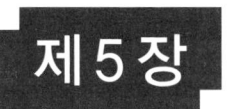

제 5 장

트리블랭, 스카라무슈,
핀브렛트, 콜롱빈,
클로딘

트리블랭

스카라무슈, 이분이 핀브렛트님이신가?

핀브렛트

그렇소. 사람들이 마구 퍼붓는 모욕적인 비난 때문에
부당한 대우를 받고 있소.
비열한 짓 따위는 해 본 적 없고
자신의 이름값은 하는 사람인데 말이오.
사람들이 나에게 끔찍한 모욕을 주고 있어요.
결백한 나를 감히 모략하려 들지요.
당신을 매우 존경했소. 그러기에 당신에게서
이렇듯 비열한 의심까지 받으리라는 것은
상상조차 못해 봤소.
도저히 있을 수 없는 부당한 일이오.

가론 강* 출신의 용사를 죄인으로 취급하다니!
내 용기마저 심한 타격을 받았소.
졸리-쾨르, 라라메** 그리고 나, 우리 용사들은
전쟁터에서 공을 세워 이름을 날렸다오.
수많은 전투에서 얼마나 많은 피를 흘렸는지 모르오,
나는 마구 찌르고 베었소.
생사를 걸고 싸우는 내 모습이 어찌나 통쾌하던지!
아무것도 두렵지 않소. 나는 제2의 마르스이며
카이사르보다 굳세고, 폼페이우스***보다 용감하다오.
운이 없어서 어쩌다 검을 놓치더라도
칼집 하나로도 여럿을 황천길로 보냈지.

트리블랭

당신이 부활한 헤라클레스라는 것을 인정하지요.

---

* 프랑스의 남서부 지역의 가스코뉴 주변을 흐르는 강이다.
** 볼테르의 극에서는 영웅으로 헤라클레스가 언급되지만, 패러디 극에서는 프랑스의 평범한 용사들의 이름이 나열된다.
*** 마르스는 전쟁의 신, 카이사르와 폼페이우스는 로마의 영웅들이다.

도미니크

핀브렛트

방금 내가 한 말은 허풍이 아니오.
비록 내가 가스코뉴 출신이긴 하지만,
가스코뉴식 허풍은 싫어한다오.
이 나라에서 내 이름을 모르는 사람은 없소.
게다가 나는 용기도 있고, 무술도 뛰어나오.
나서야 할 때가 온다면 물러서지 않소.
당신의 부인이 잘 알고 있소. 증명해 줄 수 있을 거요.
그런데도 당신이 나를 의심하다니!
제기랄, 그럼에도 난 당신을 존경하오.
솔직히 난 가스코뉴 남자란 모름지기
의심 따위는 받지 않고 살아야 한다고 믿어 왔소.

트리블랭

물론 당신이 그런 죄를 지었다고 생각하고 싶지 않소.
하지만 하늘이 성을 내며 제물을 요구하고 있소.
죄인의 피로 하늘을 달래야 하오.
여보시오, 마을 사람들 모두가
당신을 범인으로 지목하고 있소.

핀브렛트

도대체 이유가 뭐랍니까? 도무지 난 알 수가 없소.

트리블랭

분명히 말해 두지만, 더 늦기 전에 당신 자신을 변호하시오.

핀브렛트

나로 말할 것 같으면

명예와 체면을 소중히 여기는 사내로 통하오.

정말이지, 내가 진짜 범인이라면 분명 나는 ….

내가 무엇하러 헛소리를 하겠소?

나로 말할 것 같으면

무슨 말을 하든 그대로 믿어도 되는 그런 사내요.

특히 나 같은 용감한 군인은 말이요.

입만 떼었다 하면 보증수표와 다름없으니까

내 말은 무조건 믿어도 되오.

제 6 장

훈장, 뤼카,
농부들, 콜롱빈,
핀브렛트, 트리블랭,
클로딘

트리블랭

훈장님이 웬일이시오?

훈장

당신에게 알려 줄게 있어 왔소.
당신이 들으면 놀랄 만큼
불길하지만 비밀스러운 이야기라오.
마을 사람들아, 들어 보시오.
한밤중에 존경하는 피에로의 망령이
내 침대 머리맡에 나타났다오.

콜롱빈

무슨 소리예요?

훈장

그가 피를 흘리는 모습을 두 눈으로 똑똑히 보았소.
그는 무시무시한 목소리로 말했소. 이렇게 말이요.
"핀브렛트는 내 가슴을 찌르지 않았다.
그보다 더 잔인한 어떤 놈이 ···."

트리블랭

살인범의 이름을 대시오.
왜 우물쭈물하는 거요? 말하라니깐요!

훈장

아! 못하겠군.

핀브렛트

말씀하세요, 훈장님! 말하라고요!
또 다른 문제가 있구먼. 이런, 제기랄!
난 이 곤경에서 벗어나야 한다고요!

훈장

다들 아무것도 내게 묻지 마시오.

도미니크

트리블랭

말해 주시오.

훈장

아아!

뤼카

이런, 제기랄! 제발 말을 좀 해 보시오.
훈장님의 말 한마디에 우리들의 목숨이 달려 있다고요.
우리는 훈장님의 입을 통해 직접 듣고 싶다고요.
그분을 누가 죽였는지 말이에요.
거참, 말 돌리지 말고, 헛소리나 농담도 말고.
어서 내뱉으란 말이요.
우린 전염병으로 죽어 가고 있다고요.
훈장님께서 그놈의 이름을 대지 않으면 ….

훈장

아니, 이렇게 난처할 수가!
불쌍한 농부들이여, 대체 무엇을 원하는가?

뤼카

그놈을 교수대로 보내기만 하면, 우리 모두가 사는 거예요.

훈장

죄인이 밝혀지고 나면

너무 비참해서 당신들은 몸서리를 칠 것이오.

뤼카

아니요, 정말 못 참겠소.

우리는 기뻐하며 안심하게 될 거요.

훈장

피에로는 그자를 그냥 쫓아내는 벌만 주라고 했소.

하지만 이 가련한 인간은 스스로에게 벌을 주고는

곧바로 미쳐 버릴 거요.

절망에 빠진 자신의 두 눈을 때려 멍들게 해서

더는 세상의 밝은 빛을 보지 못할 거요.

트리블랭

말하라고! 제기랄, 못 참겠다고!

훈장

내 입을 연 사람은 분명 당신이오.

트리블랭

아아, 이렇게 질질 끄니까 슬슬 짜증이 나는군.

훈장

당신이 원하다면, 좋소. 그자는 바로 ….

트리블랭

말하시오, 누구요?

훈장

당신이오.

트리블랭

나라고! 지금 농담하는 거요?

훈장

아니, 농담이라면 귀신에게 잡혀가도 좋소.

트리블랭

이런 새빨간 거짓말이 있나! 이딴 식으로 나를 모욕해?

콜롱빈

(트리블랭에게)

뭐라고요! 불쌍한 피에로를 당신이 죽였다고요?

핀브렛트

여보시오, 트리블랭 씨. 당신은 나를 의심해 왔지.
당신 말대로라면 내가 피에로를 죽인 거야.
보시오. 우리들 중에서 누가 교수형을 당해야 하는지.
거 말 좀 해 보시오. 당신 코가 납작해졌군, 그래.
이만 물러가겠소. 잘들 있으시오. 다시는 볼일 없을 거요.
이런 형편없는 자와 엮였다간 내 체면만 구길 것 같아.
나로 말할 것 같으면
대단한 집안 출신인데 말야.
콜롱빈, 나 이만 가요. 내 사랑, 마음 잘 추슬러요.
내가 이곳을 떠나는 것은 당연한 일이요.
여기에 남아 있다는 건 말도 안 되는 일이지.
당신은 나를 정말 사랑했지. 또한 나도 마찬가지였고.

도미니크

하지만 교수형을 당한 자의 미망인과 합치기엔
내 격이 너무 높다는 것은 당신도 모르지는 않겠지.

(핀브렛트, 퇴장한다.)

뤼카

당신이 감히 마을에 나타나다니?
피에로를 죽이고! 제기랄, 음흉한 술책을 부리다니!
훈장님의 말씀이니, 사실일 거요.
저 양반은 틀리는 법이 없거든. 아주 똑똑한 분이니까.
우리는 말이요, 당신을 용서해 달라고 부탁하지 않을 것이오.
무엇보다 법대로 해야만 하오.

트리블랭

(훈장에게)

아니! 난 여전히 충격에서 헤어나지 못하고 있어.
너무 놀랍고, 너무 화가 나.
네 놈을 죽여서 분을 삭일 수도 있지만, 아니야.
헛소리나 지껄이는 노망든 늙은이,
너 같은 놈은 그럴 만한 가치도 없어.

꺼져. 멀리 달아나라고.
이 교활하고 비열한 놈, 거짓말쟁이.

훈장

당신은 여전히 나를 배신자 내지는 사기꾼으로 모는군.
예전에 당신 아버지는 내가 제법 진실하다며 믿어 줬는데.

트리블랭

그만해! 무슨 소리를 지껄이는 거야.
내 아버지 앙드레 영감이 ….

훈장

아니, 지금 앙드레 영감 얘기가 아니라고.
당신을 누가 낳았는지 알게 될 거요.
결코 보이는 그대로 믿어서는 안 되는 법!
여보시오, 출생보다 더 불확실한 것은 없다오.
지금 당장 뚱보 시몽을 꺼내 주라고 해야겠소.
의심스럽다는 빌미로 가둬 놓았지.

(콜롱빈에게)

변장한 오이디푸스

그를 피에로 살해의 공범으로 생각했지요.
당신 손으로 그를 경찰에 넘겼지요.

(트리블랭에게)
여보시오, 당신은 지금 자신이 생각하는
그런 처지에 있지 못하오.
난 가겠소. 당신이 누구인지 잘 생각해 보시오.
난 충분히 말해 주었으니.

(훈장, 농부들과 함께 퇴장한다.)

제 7 장

트리블랭
콜롱빈

트리블랭

이런 끔찍한 경우가 다 있나!

내 마음이 불안하다 보니
하찮은 의혹에 너무 흔들리는 건가?
훈장의 존재가 성가시긴 하지만
그 정도는 그냥 넘어가 줄 수 있어.
그런데 말이지, 내가 나를 범인으로 의심하기 시작했다니 ….

콜롱빈

뭐라고요? 당신 스스로 결백을 확신할 수 없다고요?

트리블랭

생각하는 것보다 우리는 더 많은 죄를 짓고 산다오.

콜롱빈

아니, 아니에요. 아까 그 훈장님, 정신이 좀 나간 것 같아요.
심지어 당신을 경멸하는 듯한 태도로 말했잖아요.

트리블랭

여보, 한마디만 물읍시다.
다른 건 다 필요 없고,
피에로가 불길한 여행을 떠나면서

하인 서너 명쯤은 거느리고 가지 않았소?

콜롱빈

친구 한 사람하고만 갔어요.

트리블랭

단 한 사람만!

콜롱빈

피에로는 싸움을 워낙 잘해서
부하 여럿을 거느리고 다니는 건 좋아하지 않았어요.
당신처럼 말이에요.
들판을 매일 한 바퀴씩 돌곤 했지요.
그는 특별한 취미가 없었거든요.
다들 어릴 적부터 알고 지내던 이웃들이라
걱정할 것이 없었기에, 무방비 상태로 돌아다녔어요.
어느 토요일 아침, 방금 말한 대로
그 가엾은 양반은 한 친구와 집을 나섰지요.
그들은 노새를 타고 함께 길을 떠났어요, 아뿔싸!

트리블랭

무슨 일로?

콜롱빈

부르고뉴에 포도주를 사러 가는 길이었는데

그놈의 살인자를 만난 거예요.

트리블랭

유난히도 당당하고 모범적이던 포도주상 양반,

어쩌다 내가 당신에게 칼을 휘둘렀단 말이오!

그 딱한 양반이 어떻게 생겼는지 일단 내게 말해 보시오.

콜롱빈

당신이 괴로운 기억을 되살리라 하니 말할게요.

그는 나이가 좀 들긴 했어도

종종 젊음이 되살아나곤 했지요.

눈은 작고 움푹 들어간 편이었고요.

가여운 피에로는 당신과 꽤 닮았었지 ….

아니, 여보, 무슨 일이에요?

내 얘기가 불편해요?

트리블랭

뭔지 모를 불길한 예감이 드는군.

어쩌면 훈장의 말이 맞는지도.

콜롱빈

그럴 리가요! 그 양반의 말은 모두 거짓이에요.

예전에 어느 점쟁이 노파를 믿었다가

아들을 잃은 적이 있거든요.

아아! 가슴이 너무 아파!

트리블랭

당신의 아들을! 대체 어쩌다 아들을 잃었단 말이요?

어째서 난 그 사실을 여태 까맣게 몰랐던 거지?

콜롱빈

상황이 급박하니 다 말해 줄게요.

나 자신에게조차 숨기고 싶었던 일이지만요.

그러니 더는 이렇듯 겁에 질린 바보처럼 굴지 말아요.

방금 말했듯이, 피에로와 나 사이에는 아들이 하나 있었지요.

그리고 아이가 태어나자마자

점을 치러 점쟁이 노파에게 갔어요.
아! 생각만 해도 정말 치가 떨리네요.
그 노파는 이렇게 말했어요.
기억이 생생하네요.
"네 아들이 피에로를 죽일 거다. 그리고 이 겁없는 아들은 ···."
끝까지 말해야 하나요?

트리블랭

그래서?

콜롱빈

"아비를 마누라에게 배신당한 남편으로 만들 거다."
트리블랭, 왜 그래요? 안색이 나쁘네요.

트리블랭

계속해 보시오. 정말 무섭군.
그래서 당신은 어떻게 했소?

콜롱빈

저는 그 사악한 여자의 말을 믿고

도미니크

결국 모성애를 포기해서라도

아이가 가혹한 운명에서 벗어나게 해 주고 싶었어요.

그래서 아이를 일단 고아원으로 보내게 했고,

결국 내 말대로 됐지요. 내가 잘못된 결정을 내렸음에도

아이를 대신 버려 준 사람이

이틀 후에 아이가 잘 있는지 알아보러 갔는데,

아이가 죽었다는 소식을 듣게 되었죠.

아아, 정말 괴로워!

지나치게 신중할 필요는 없었어요! 지레 너무 걱정한 거죠.

피에로는 낯선 자의 손에 죽었어요.

그를 죽인 사람은 우리 아들이 아니었어요.

나는 남편을 구하지도 못하면서 아들만 잃었다고요.

트리블랭

어찌 그런 일이! 그럼, 어쨌든

그 얘기에 대한 보답으로

나 역시 고백할 이야기가 있소.

나의 불행한 이야기를 듣고 나면

놀랍게도 당신의 운명과 내 운명이

하나로 엮인 것을 알게 될 거요.

나는 몽마르트르에서 태어났소.

솔직히 나는 이 사실이 원망스럽소.

그 동네에 사는 게 정말이지, 마음에 안 들었거든.

아버지는 그곳에서 여관을 하고 계셨지.

내가 포도주 창고에 포도주를 가지러 간 어느 날,

그만 일이 터졌지! 별안간 술통이 열린 거야.

포도주가 사방으로 흘렀고, 벽은 뻘겋게 물들었지.

설상가상 촛불까지 꺼지는 바람에 더욱 무서웠어.

정말이지, 너무 무서웠다고.

어디선가 들려오는 무시무시한 목소리가 이렇게 말했어.

"이곳을 떠나라. 어서 나가라.

다시는 좋은 포도주의 순수함을 더럽히지 마라.

너를 못마땅하게 여기는 바쿠스 신*이 …."

그리고는 심지어 이렇게 예언했소.

어머니가 언젠가 내 아내가 될 것이고

내가 아버지를 죽일 거라고 …. 당신은 믿을 수 있소?

---

* 로마 신화 속 술의 신. 이어지는 트리블랭의 이야기에서 술에 취해 피에로를 죽이는 장면에 대한 예언이다.

변장한 오이디푸스

콜롱빈

오, 이런, 뭐라고 했어요?

내 귀가 방금 무슨 소리를 들은 거지? 정말 무섭네요.

트리블랭

진정해요.

할 얘기가 아직 더 남았소.

숨 좀 고르고, 말해 줄테니.

끔찍한 충격에서 깨어나 정신을 차리자마자

나는 일단 고향을 떠나기로 결심하고, 몽마르트르를 떠났소.

별로 아쉽지도 않았지.

며칠이 지나자, 여기저기 정처 없이

떠돌아 다니는 신세가 되었지.

어디서나 이름과 고향을 숨겼고,

어느 젊은 미장이 녀석하고만 같이 다녔어.

서로 믿고 의지하는 친구였으니까.

여보, 생각났소.

---

* 프랑스 중부 지방의 부르고뉴에 위치한 도시이다.

내가 어떻게 그걸 잊고 있었는지 모르겠군.
포도주 창고에서 들은 예언이 딱 맞아떨어졌어.
어느 날 디종* 근처의 좁은 골목길에서
말을 탄 두 사람과 마주쳤는데,
술기운이 나를 조종하여 용기를 북돋운 것 같아.
좀 과음했었지. 바쿠스신의 음료가
내 머리를 달구었소. 그리고 대담하게 만들었소.
나는 생각 없는 사람처럼 싸우고 싶었어.
길을 먼저 지나가는 문제와 같은 사소한 일에
쓸데없이 명예를 걸고 말이오.
한마디로 난 취해 있었소. 내 친구도 그랬고.
나는 얼빠진 사람 모양 그들에게 다가가선
길길이 날뛰는 조랑말들을 죽여 버렸소.
미친 듯이 휘두르는 내 손에 잡힌 두 사람을
즉시 제압하고는 칼로 찌르자
그들은 내 발밑에 쓰러졌어.

콜롱빈

아! 무슨 얘기를 하는 거예요?
저기 시몽이 오네요. 피에로의 친구예요.

도미니크

트리블랭

저자가 의혹을 모두 풀어 주겠군.

제 8 장

시몽
콜롱빈
트리블랭

트리블랭

설명을 듣고 싶다네.

이리 오시게나, 불쌍한 노인이여. 가까이 오게나.

그런데, 어디선가 자네를 본 적이 있는 것 같은데 ….

시몽

(콜롱빈에게)

내 목을 매다는 게 오늘인가요?

불길한 운명을 준비해야 하는 건가요?

마님의 화는 아직도 가라앉지 않은 건가요?

콜롱빈

안심해요, 시몽. 내 남편과 얘기를 나눠 봐요.

시몽

(트리블랭에게)

뭐라고요? 피에로는 죽었는데! 이분이 당신의 아내라고?

(콜롱빈에게)

마님은 그다지 오래 혼자 지내지 못했군요.

트리블랭

시몽, 본론으로 들어가세. 한 가지만 묻겠네.
자네가 피에로 살해 사건의 유일한 증인이라고?
그를 지키려다 도리어 자네가 부상을 입었다고?

시몽

여보시오, 피에로는 죽었소.
그의 영혼이 고이 잠들도록 내버려 두시오.

그리고 당신의 손이 부상을 입힌 이 가련한 노인의
가혹한 운명을 모독하는 일도 그만두시오.

트리블랭

아니, 내가 정신이 나갔었나? 내가 당신을 다치게 했다고?
디종의 그 골목길에서 나와 다툰 사람이 자네라고?
당신을 알아보겠군. 그래, 정말 놀라워!

시몽

죄는 당신이 지었는데, 의심은 내가 받았지.
끔찍한 죄의 누명을 나 혼자 뒤집어썼지.
지하 감옥에 갇히는 신세가 되었다고.

트리블랭

내가 죽일 놈이군!

콜롱빈

흥분하지 말아요.
당신 잘못이 아니에요.

트리블랭

죽어 마땅해.

콜롱빈

아아!

트리블랭

당신은 내가 저지른 죄의 대가를 치러야 해.

부인, 나를 벌하시오. 당신 손으로 내 목을 졸라 줘.

그렇지 않으면 내 손으로 ….

콜롱빈

뭐하는 거예요! 오, 맙소사!

트리블랭, 내 앞에서 그런 짓 하지 말아요.

대체 무엇 때문에 정신이 나간 거예요?

대체 어떤 악령이 당신을 괴롭히고 있는 거예요?

더 이상 여기에 있을 수가 없구나. 모든 것이 너무 무서워.

(콜롱빈, 시몽과 함께 퇴장한다.)

제 9 장

트리블랭

(혼자서)

그녀가 나 같은 괴물에게서 도망친 건 잘한 일이야.

나는 피에로를 죽였어. 왜 그랬는지는 몰라.

아! 난 파렴치한 놈이야. 교수대에 매달아야 할 놈이야.

그렇고 말고.

제 10 장

스카라무슈
트리블랭
기욤

스카라무슈

어느 낯선 사람이 나리와 얘기하고 싶다고 하네요.

트리블랭

됐어. 나 좀 혼자 내버려 둬.

기욤

트리블랭 도련님!

트리블랭

기욤 아저씨?
그래. 아버지의 요리사이자
언제나 나를 귀여워해 주던 아저씨.
아버지는 안녕하시지? 그렇지?

기욤

돌아가셨어요.

트리블랭

뭐라고, 아버지께서 돌아가셨다고?
정말 단단히 잘못되셨네.
기욤 아저씨, 가자. 고향으로 돌아가고 싶어.
같이 가자. 가서 아버지의 여관을 물려받아야지.

기욤

그런 생각은 이제 버려야 해요.

도련님은 몽마르트르를 잊어야 해요.

그곳에 가면 도련님은 죽을 거예요.

트리블랭

내가 고향에 가겠다는데, 누가 감히 그걸 막는단 말이야?

누군가 정말로 그리 한다면, 고소할거야.

그리고는 내가 여관을 ….

기욤

도련님은 앙드레 나리의 아들이 아니에요.

트리블랭

내가 아버지의 아들이 아니라고!

그렇다면 누가 내 아버지라는 거야?

기욤

솔직히 그건 아직 모르겠어요.

제발 목소리 좀 낮추세요.

도련님은 한밤중에 몽마르트르 언덕에 버려져 있었어요.

트리블랭

파리 근처?

기욤

그렇지요.

트리블랭

수수께끼 같은 일이군!
좀 더 자세히 말해 봐.

기욤

어느 노인장이 도련님을 그 외진 곳으로 데려왔지요.

트리블랭

대체 무슨 소리야!

기욤

마침 지나는 길에 제가 우연히 도련님을 발견한 거예요.

불쌍한 마음이 들어 도련님을 안아 올렸지요.
그리고는 일단 우리 여관으로 데리고 갔어요.
앙드레 나리도 가여워하며 마음이 약해졌지요.
불쌍하다고 말하며 도련님을 쓰다듬었어요.
도련님이 온 것이 축복이라는 말도 했어요.
앙드레 나리는 도련님을 입양했어요. 죽은 아들 대신.
그래도 그 여관이 도련님의 것은 될 수 없으니,
불쌍히 여겨서 들였지만, 후회하면서 버렸지요.

트리블랭

기욤 아저씨, 누구한테서 나를 넘겨받은 거야?
나를 우연히 발견한 그날 이후로
그 사람을 다시 만난 적 있어?

기욤

전혀요. 그자가 도련님의 아버지를 알고 있었으니
이 비밀을 간단히 밝혀 줄 텐데.
그자는 배불뚝이였어요.
그자를 다시 만난다면
한눈에 알아 볼 수 있을 텐데.

트리블랭

어째서 아저씨는 내게 이런 나쁜 소식을 전해 주는 거야?

정말이지, 나는 너무 괴로워서 견딜 수가 없어.

내 출생의 비밀이 조금씩 드러나는 거 같아.

그런가 하면 이해 안 되는 부분도 있고.

사실 난 아주 잘난 청년인데 말이야.

시몽, 이리 가까이 오시오.

제 11 장

시몽
기욤
트리블랭

기욤

내가 잘못 봤나?

아니, 가만히 보니 어쩌면 …,

그자로군.

변장한 오이디푸스

시몽

실례합니다. 누구신지 ….

기욤

몽마르트르 말일세, 친구! 기억 안 나오?

시몽

뭐라고요?

기욤

아니, 당신이 밤중에 데려왔던 아이 말이요.
당신이 버렸던 그 딱한 아이 말이요.

시몽

빌어먹을, 방금 뭐라고 했소?

기욤

거참, 너무 신중하네.
당신은 중대한 비밀을 털어놔야 한단 말이요.
내가 공연히 이런 말을 하는 것은 아니요.

트리블랭이 그 아이요.

시몽

귀신은 이런 놈 안 잡아 가나?

그 혓바닥 함부로 놀리지 마시오,

기욤

(트리블랭에게)

자, 자, 긴가민가할 거 없어요.

이 늙은이가 뭐라고 하든,

이자가 도련님을 내 팔에 안겨 주었다고요.

자, 이자가 도련님의 아버지요.

트리블랭

이제야 숨통이 트이는군.

(시몽에게)

그런데, 영감은 어째서 가만히 있는 거요?

할 말이 없는 거요?

그러니까 영감이 내 아버지인 거야. 그리고 운명이 ….

시몽

나리의 말이 틀렸소이다. 나리는 내 아들이 아니오.

기욤

부디 설명을 해 보시오. 왜 이리도 비밀이 많은 거요?
말해 보라고. 걱정하지 말고.

시몽

콜롱빈이 저 양반의 어머니요.
난 도련님을 고아원으로 데려가지 않고
곧장 몽마르트르로 갔소.

기욤

제길, 당신 제정신이 아니구먼.

시몽

저 사람은 피에로의 아들이오.

트리블랭

이 노인네가 슬슬 화를 돋우는군.

미련한 인간아, 어디 감히 그런 말을 해?
둘 다 나가! 그렇지 않으면 나를 구해 준 잘못을
몽둥이 찜질로 갚아줄 테니까.

제 12 장

트리블랭

(혼자서)
역겨운 훈장아! 자, 이제 만족하냐?
결국 신탁이 정확히 맞아떨어졌구나.
나는 잔인한 운명을 피할 수 없었어.
나는 아버지를 죽인 끔찍한 살인마야.
내 손으로 아버지의 이마에 뿔나게 했어.*

---

* 불어에서 배우자가 바람을 핀 경우에 다른 쪽 배우자에 대해 사용되는 표현으로, '어리석고 바보같다'는 뜻이다. 특히 바람난 아내를 둔 남편을 가리키기 위해 사용하는 관용적 표현이다.

변장한 오이디푸스

잔인한 운명아, 너는 끝도 없이 내게 가혹하구나.
아니지. 이렇게 흉악한 범죄는 용서받을 수 없지.
다들 앞장서 나를 괴롭히려 하겠지!
냉소적인 글쟁이들은 나에 대해
이러쿵저러쿵하는 글을 써 댈 테지!
누군가는 나를 비난하고,
또다른 누군가는 변호하겠지만
그래 봐야 소용없을 거야.
뭐지? 태양이 사라지네! 저건 뭐야?
동네 사람들이 내 얼굴을 태우겠다며 횃불을 들고 오네.
멈춰라. 어디로 피하지? 저들이 나를 덮치려 하네.
지옥이 열린다. 오, 피에로! 아버지세요?
보여, 저 민망한 깃털이 보여.
무례하게 그의 머리에 묻힌 깃털들이 보여.
아버지가 벌을 주세요. 패륜아에게 복수하세요.
놈은 아버지를 죽인 것에 만족하지 못하고
악행을 저지르는데 정신이 팔려
아버지의 아내이자, 놈의 어머니인 여인을
감히 잠자리에 들였어요.
못 참겠어요. 놈을 때려줍시다. 그런데 마음대로 안 되네.

다칠까봐 겁나요. 무서워서 손을 못 대겠어요.
아버지가 내 끔찍한 죄를 벌해 주세요.
가까이 오세요. 아버지가 나를 악마들에게 데려가 주세요.
나 같은 놈에게는 무시무시한 벌을 줘야 해요.
그래도 불평하지 않을게요.
그런 벌을 받아 마땅하니까요.
빨리 오세요. 아버지를 따라갈게요.

콜롱빈
클로딘
트리블랭

콜롱빈
대체 무슨 소란을 피우고 있는 거예요?
점잖지 못하게!
아! 진정 좀 해요, 내 사랑 꼬마 신랑!

도미니크

신랑이라는 말을 들으니
당신 마음도 좀 누그러지지 않나요?

트리블랭

누구, 나? 당신 남편?
이 가증스러운 호칭이
지금은 고통스럽게 날 찍어 누르는군.

콜롱빈

무슨 소리예요?

트리블랭

다 끝났다고. 우리의 운명이 예언대로 되었으니까.
피에로가 내 아버지이고, 나는 당신의 아들이오.

(트리블랭, 퇴장한다.)

제 14 장

콜롱빈
클로딘

콜롱빈

트리블랭이 내 아들이라고!

무슨 애기야, 클로딘?

어떻게!

클로딘

정말 안됐어요, 마님.

마음을 추스르세요.

콜롱빈

이보다 더 잔인한 운명이 있을까?

내가 트리블랭을 잠자리에 들일 수 있었다고?

클로딘

마님께서는 모르셨잖아요.

콜롱빈

그러면 죄가 가벼워지나?

클로딘

그 생각은 더는 하지 마세요.

콜롱빈

아! 혐오스러운 괴물 같으니라고!
품 안의 아들을 어떻게 몰라볼 수 있었단 말이냐!

클로딘

마님, 진정하세요.
이렇게 소리친들 무슨 소용이 있겠어요?
마님, 안색이 변하셨어요!
아! 이렇게 보니까 ….

콜롱빈

틀림없이 다들 수군거리겠지?

클로딘

마님의 운명이 안됐다고,

아무것도 몰랐던 마님을 딱하게 여길 거예요.

마님께서는 악의 없이 그러셨으니까요.

제 15 장

맹인이 된 트리블랭과
그를 인도하는 소년,
콜롱빈, 클로딘

트리블랭

얘야, 너의 수고에 보답을 하마.

내 발걸음을 인도해 주렴. 계속해서 나를 잘 이끌어 줘.

내 처지가 이렇다 보니, 길을 알 수가 없구나.

콜롱빈

어디로 가는 거냐? 사랑하는 아들아!

도미니크

트리블랭

맹인 수용소로 가겠어요.

그곳에서는 나를 받아 주겠지요?

콜롱빈

가엾은 녀석!

트리블랭

이곳을 영영 떠날 겁니다.

내 죄가 수치스럽고 화가 나서

내 손으로 두 눈을 파내 버리고 싶었어요.

더 이상 당신을 보지 않겠다고 약속하지요.

그래야만 고통에 빠진 내가 위로를 받을 수 있어요.

잘 계시오. 가자, 아들아*, 네 손을 내밀어 주렴.

나는 헛발을 딛기가 십상이거든.

(트리블랭, 퇴장한다.)

---

* 소포클레스의 『콜로노스의 오이디푸스』에서는 딸 안티고네가 맹인이 된 오이디푸스를 인도한다.

콜롱빈

맹인 수용소로 가겠다고!

아! 너무도 슬프고 가련한 생각만 하는구나!

누가 감히 저런 영웅적인 행동을 할 수 있겠어?

그런데, 몸이 안 좋고, 온몸에서 힘이 빠지는구나.

클로딘, 부탁이 있는데, 와서 침대를 좀 따뜻하게 덥혀 줘.

(천둥 번개가 친다.)

●

끝

트리블랭으로 분장한 피에르 프랑수아 비앙코렐리(도미니크)

오이디푸스 가계도

● 소포클레스 극

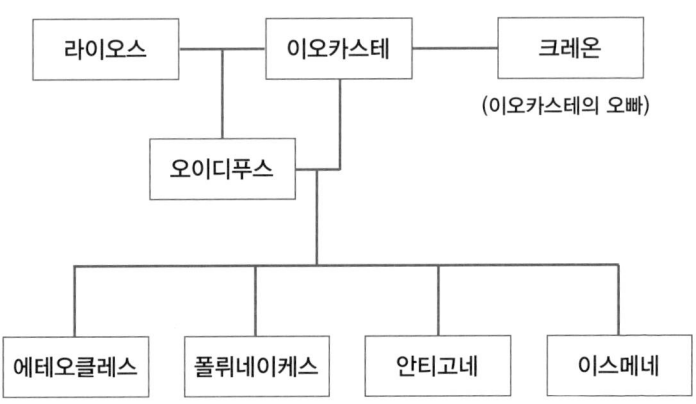

● 코르네유 극

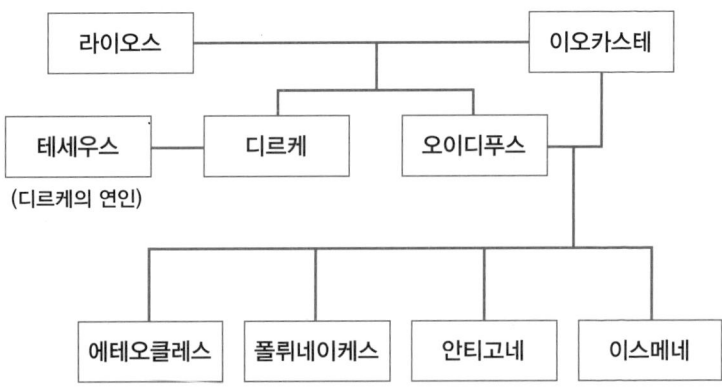

● 볼테르 극

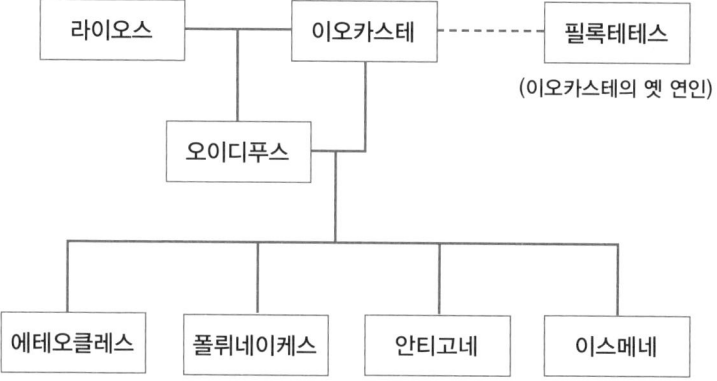

작품 해설

김덕희

오이디푸스 가문의 비극적인 이야기와 소포클레스의 『오이디푸스 왕』

오이디푸스의 이야기는 이제 한 편의 신화가 되었다. 많은 작가들뿐만 아니라, 철학자들도 이 인물을 인간의 모범으로 상정하며 신과 인간, 운명과 인간, 인간 능력의 유한함 혹은 그 유한함 속에서 나타나는 인간의 강인한 의지 등 다양한 인간의 문제들을 대입시켜 보았다. 특히 현대에 이르러서는 정신분석학자 프로이드가 자신의 이론적 모델로 선택하면서, 오이디푸스의 부친 살해와 근친상간 테마는 인간과 인간 문명을 새로운 차원에서 측정하고 해석하는데 사용된다.

아리스토텔레스가 그의 『시학』에서 비극의 모범이라고 말한 소포클레스의 『오이디푸스 왕』(기원전 430~420)은 오늘날 우리가 읽기에도 전혀 지루하지 않을 만큼 탄탄한 구성을 갖추었다. 그리고 내용상으로 이 작품과 3부작을 형성하는 소포클레스의 다른 비극들, 『콜로노스의 오이디푸스』(작가 사후, 기원전 401년 상연) 및 『안티고네』(기원전 442)는 서양에서는 지속적으로 많은 극작품으로 재생산되어 왔다. 고대 그리스에서도 소포클레스뿐만 아니라, 아이스킬로스와 에우리피데스도 오이디푸스의 아들들의 이야기를 다룬 비극을 썼고, 그 후 로마시대에도 세네카가 이 집안 이야기를 다룬 비극들을 썼다. 근대에 와서 프랑스의 경우를 보면, 17세기에는 로트루 Jean Rotrou, 코르네유, 라신, 18세기에는 볼테르, 20세기에는 콕토Jean Cocteau, 아누이Jean Anouilh, 식수Hélène Cixous 등이 오이디푸스와 그의 가족 이야기를 소재로 극작품을 쓴 대표적인 작가들이다.

볼테르의 『오이디푸스』에 대한 이해를 돕기 위해 소포클레스의 『오이디푸스 왕』의 내용을 간단히 살펴보면 다음과 같다. 이 작품의 가장 핵심적인 두 가지 테마, 즉 부친 살해와 근친상간은 극작품 안에서 실제로 이루어지지는 않는다.

막이 오르면 페스트의 재앙에 시달리는 테베의 백성들이 오이디푸스 왕에게 도움을 청하고 있다. 오이디푸스는 문제를 해결하기 위해 아폴론 신의 신탁을 받으러 왕비 이오카스테의 오빠인 크레온을 이미 보내 놓은 상태이다. 무대에 등장한 크레온은 선왕 라이오스의 죽음에 대한 복수가 제대로 이루어지지 않아 이런 재앙이 닥쳤다는 신탁을 전한다. 그러자 오이디푸스는 라이오스 왕의 살해범을 찾기로 결정한다. 그는 점쟁이 티레지아스를 부르는데, 이 맹인 점쟁이는 오이디푸스를 살인범으로 지목하고, 더 나아가 앞으로 밝혀질 그의 정체까지 예언한다.

이런 예언을 믿지 않는 오이디푸스는 점쟁이와 처남 크레온이 공모하여 정치적으로 자신을 몰락시키려 한다고 의심한다. 게다가 아내 이오카스테까지 신탁의 해석은 잘못될 수 있다고 덧붙인다. 전남편 라이오스가 아들의 손에 죽임을 당할 것이라는 예언이 있었지만, 사건 현장에서 살아 돌아온 시종의 말에 따르면, 전남편은 포키스의 교차로에서 도적떼에게 죽임을 당했다면서 그녀는 오이디푸스를 안심시킨다. 그럼에도 오이디푸스는 불안해 하며 라이오스의 모습과 몇 명의 시종이 수행했는지를 물어본다. 이오카스테는 라이오스가 흰머리가 조금 있었고 오이디푸스와 닮았다는 점을 말해 준다.

이어서 오이디푸스는 자신의 과거 이야기를 한다. 코린토스가 고향이며, 아버지가 폴리보스 왕이고, 어머니가 메로페 왕비라고 믿고 있던 그는 우연히 어느 취객이 그가 왕의 친아들이 아니라고 하는 말을 듣고, 사실 확인을 위해 신탁을 들으러 갔다가, 오히려 부친 살해와 근친상간을 하게 될 거라는 예언을 듣게 되었다. 이런 패륜 범죄를 피하기 위해 코린토스를 떠나, 이곳저곳을 떠돌아다니던 오이디푸스는 포키스의 교차로에서 마주친 한 노인과 그의 수행원들을 사소한 시비 끝에 죽이게 된다. 라이오스를 죽인 적은 도적떼였으므로, 자신이 죽인 노인은 그가 아닐 것이라 생각하지만, 오이디푸스는 분명한 사실 규명을 위해 사건에서 부상당해 돌아온 시종을 부르게 한다.

때마침, 코린토스로부터 사자가 와서 폴리보스 왕의 죽음을 전한다. 왕이 노쇠하여 죽었다는 소식을 들은 오이디푸스는 부친 살해를 면하게 되었다며 안심하지만, 전령은 그가 왕의 친아들이 아니라는 사실을 말해 준다. 그리고 키타이론 산에서 라이오스 왕의 가축을 돌보는 목자에게서 발뒤꿈치를 뚫어 묶은 아기를 건네받아 코린토스의 왕에게 데려간 이야기를 들려 준다. 아이를 입양하면서 '발이 부은 아이'라는 뜻의 오이디푸스라는 이름을 붙인 것은 코린토스의 왕이었다.

이 이야기를 들은 이오카스테가 라이오스 왕의 살해범을 찾기를 중단하라고 요구함에도 불구하고, 오이디푸스는 진실을 끝까지 파고들 생각을 고수하며, 자신이 테베의 어느 집안에서 태어난 아들인지 알아내려 한다. 마침내 라이오스의 옛 시종이 도착하고, 코린토스의 전령이 이 시종을 알아본다. 라이오스의 양치기였던 시종은 키타이론 산에 버려진 아이가 불쌍해서 자신이 코린토스 왕에게 주었다고 말한다.

오이디푸스는 자신이 라이오스와 이오카스테의 친아들이며, 더욱이 신탁이 그대로 실현되었음을 깨닫는다. 그러는 사이에 오이디푸스보다 먼저 사실을 알게 된 이오카스테가 목매어 자살했다는 소식까지 들린다. 이오카스테의 주검을 마주하며 광기에 사로잡힌 오이디푸스는 어머니이자 아내였던 그녀의 옷에서 브로치를 빼서 자신의 눈을 찌른다. 오이디푸스는 매우 고통스러워하며 크레온에게 자신을 추방해 달라고 말하며, 자신의 아이들, 특히 딸들을 돌봐 줄 것을 부탁한다.

이후 테베에서 추방된 오이디푸스를 그린 『콜로노스의 오이디푸스』에서는 또 다른 오이디푸스의 모습을 발견할 수 있다. 그리고 오이디푸스와 동행한 그의 딸 안티고네가 주인공이 되는 『안티고네』에서는 안티고네와 새로운 테베의 왕이자 외삼촌인 크레온 사이의 갈등을 읽을 수 있다. 참고로, 아이스킬로스의 『테베를 공격한 일곱 장수』(기원전 467)와 에우리피데스의 『포이니케 여인들』(기원전 410)이 오이디푸스의 아들들 사이에 벌어진 골육상쟁과 형제 살해 이야기를 다루고 있어, 아들들 사이의 전쟁을 예고한 『콜로노스의 오이디푸스』와 내용상으로 연결된다. 또한 『안티고네』는 형제 살해 사건 이

후의 상황을 다루는 이야기이다. 따라서, 앞서 언급된 세 작품을 함께 읽는다면, 프로이드가 자신의 이론을 위해 원용한 오이디푸스만의 비극이 아닌 가문 전체의 비극을 이해할 수 있을 것이다.

볼테르의 『오이디푸스』가 갖는 독창성

볼테르의 첫 극작품인 『오이디푸스』는 1718년 11월 18일, 코메디 프랑세즈 극장에서 처음 상연되었다. 당시 관객들에게는 이전 세기의 비극의 대가 코르네유Pierre Corneille의 『오이디푸스Œdipe』(1659)를 직접적으로 연상시켰지만, 코르네유보다는 소포클레스의 작품에 더 가까웠던 볼테르의 비극은 단번에 그를 유명하게 만들었다.

볼테르 작품의 독창성은 주요 등장 인물의 변화에서 발견된다. 그는 필록테테스라는 인물을 등장시켜 이오카스테가 라이오스와 결혼하기 전에 사랑한 연인으로 설정했다. 그리고 이 집안에서 중요한 역할을 하는 이오카스테의 오빠인 크레온은 등장시키지 않았다. 대신에 이오카스테의 옛 애인이 등장하므로써, 특히 이오카스테의 욕망이 부각되는 효과가

발생한다. 사실 오이디푸스 이야기를 다룬 많은 작품에서 이오카스테는 비록 테베의 이익을 위해 결혼했지만, 새 남편 오이디푸스를 사랑하는 것으로 설정된다. 하지만 볼테르는 필록테테스를 투입하여 이오카스테의 사랑이 달리 해석될 여지를 준다. 가문이나 국가의 이익이 아니라, 자신을 위해 자신이 사랑하는 남자를 가진 것이다. 또한 필록테테스와 이오카스테의 사랑이 강조되면서 이오카스테와 오이디푸스의 사랑은 그만큼 퇴색하며, 사실상 모자지간인 이 인물들의 근친상간에 대한 충격이 조금은 약화되는 면도 있다.

 소포클레스 극의 등장 인물에 작가만의 상상적 인물을 추가한 경우는 코르네유에서도 찾아볼 수 있다. 코르네유 역시 크레온을 빼고, 라이오스와 이오카스테 사이에서 태어난 딸 디르케와 그녀의 연인 테세우스를 만들어 넣었다. 디르케는 사실상 오이디푸스의 여동생이지만, 그 사실을 모르는 상태에서 테베의 왕이자, 계부인 오이디푸스를 정치적 경쟁자로 여긴다. 오이디푸스 콤플렉스 구도에서 보면, 아버지를 위협하는 아들의 위치에 있는 그녀는 '아들 오이디푸스'에 해당한다. 극 속에서 테베를 공포에 떨게 한 페스트를 물리치기 위해 라이오스의 망령이 원하는 희생물은 오이디푸스지만, 자신이 라이오스의 유일한 혈육이라 믿는 디르케는 희생을 자처한다. 즉, 디르케가 오이디푸스의 대역을 맡은 것이다. 드러난 정황으로는 분명히 그녀가 희생물이지만, 운명은 숨겨진 아들인 진짜 오이디푸스가 희생물이 되도록 짜여졌다. 결국 오이디푸스가 오빠로 밝혀졌을 때, 디르케는 이 불행한 오빠를 옹호한다. 또한 디르케의 연인 테세우스 역시, 자신이 라이오스의 버려진 아들일 수도 있다고 주장하며, 오이디푸스의 또 다른 대역이 되기도 한다.

부친 살해와 근친상간의 테마를 성립하게 하는 '라이오스-오이디푸스-이오카스테'의 삼각 구도에서, 코르네유가 오이디푸스가 다양한 방식으로 존재할 수 있음을 보여 준 반면, 볼테르는 필록테테스를 등장시켜 아버지가 다양한 형태로 존재할 수 있음을 보여 준다. 이오카스테의 연인으로 등장하는 필록테테스는 '남편 오이디푸스'의 입장에서는 연적이지만, '아들 오이디푸스'에게는 어머니의 또 다른 남편, 즉 또 다른 아버지다. 필록테테스가 라이오스의 살해범으로 의심을 받는 장면은 『햄릿』의 구조를 연상시키기도 한다. 오이디푸스를 햄릿으로 놓고 볼 수 있다면, 필록테테스는 삼촌이자 계부인 클라우디우스에 해당한다. 오이디푸스 콤플렉스 이론은 『햄릿』뿐만 아니라, 볼테르의 『오이디푸스』를 분석하기 위해서도 적용될 수 있다.

이 작품을 부친 살해나 근친상간의 테마를 떠나 또 다른 측면에서 바라볼 수도 있다. 즉, 오이디푸스가 삶의 길을 스스로 모색한 인간이라면, 필록테테스는 오이디푸스와 닮은 또 하나의 존재로 볼 수도 있다. 필록테테스는 헤라클레스를 추종하는 영웅이다. 코르네유 극의 오이디푸스 역시, 테베에 오기 전에 헤라클레스를 추종하며 세상에 악한들을 무찌르러 다닌 것으로 설정되어 있다. 그러나 오이디푸스는 테베의 왕이 된 후 이해타산적인 군주가 된다. 스핑크스가 낸 문제를 머리로 해결한 그는 다분히 계산적인 왕이며, 따라서 논리로써 테베의 위기를 해결하려 한다. 그러나 그의 논리는 알 수 없는 운명 앞에서 무너져 버린다. 코르네유 극에 등장하는 또 다른 영웅 테세우스 역시, 세상에서 악한들을 몰아내는 영웅임과 동시에 한 여인을 지극히 사랑하는 남자인 필록테테스와 닮았다.

그러나, 볼테르의 필록테테스가 코르네유의 오이디푸스와 다른 점은 자신의 행위를 다른 것과 맞바꾸려 하지 않는다는 데에 있다. 즉 왕좌나 왕비와 같은 세속적 보상을 탐하지 않는 것이다. 그는 스핑크스가 수수께끼를 내어 테베를 괴롭히고 있다는 사실을 알지 못했다. 그러나 설령 알았더라도 수수께끼를 풀기보다는 괴물 자체를 베어 버렸을 것이다. 그는 괴물이 내는 애매한 수수께끼에 휘둘리는 인물이 아니다. 애매모호한 신탁을 자신의 이익에 맞추어 해석하고 나름의 해결책을 선택함으로써, 오이디푸스 가문의 비극은 만들어진 것이다. 애초에 라이오스가 그 신탁을 무시했더라면, 오이디푸스가 코린토스에서 그 신탁을 무시했더라면 그리고 스핑크스의 문제를 풀지 않고 지나쳐 버렸다면 어떻게 되었을까? 불행을 피하려고 고안해 낸 해결책, 보상을 얻기 위해 생각해 낸 답, 이러한 것들이 오히려 그들이 피하고 싶었던 운명을 실현시켰다.

볼테르 극의 또 다른 독창성은 오이디푸스의 부친 살해 장면에서 빛난다. 소포클레스는 친부를 살해하는 장면에서, 단순히 어느 골목길에서 이방인끼리 시비가 붙는 것으로 설정하여, 평범한 일상에서 벌어진 것으로 보이는 사건의 뒤에 숨겨진 운명의 엄청난 기획을 보여 준다. 하지만 볼테르는 이 장면에서 오이디푸스 자신의 의지보다는 운명의 힘을 좀 더 강조하면서, 오이디푸스가 신의 도움으로 승리를 거두었다고 말한다. 신의 개입을 언급함으로써, 이 승리가 가져온 결과인 부친 살해가 피할 수 없는 운명이었음을 의미하기도 하지만, 다른 한편으로는 죄에 대한 인간 오이디푸스의 책임이 조금 경감되는 효과도 가져온다. 게다가 죽어 가는 라이오스가 아들을 알아본 듯하다. 오이디푸스의 기억 속 라이오스가 그저 생면부지의 노인으로 그려진 소포클레스 극과는 다르다. 코르네유 극에서도 오이디푸스가 자신이 죽인 노인이 자신과 닮았으며, 그가 위풍당당했음을 인정한다. 모르는 사람이지만, 죽이면서 마음이 아팠다고 말하는 오이디푸스를 통해, 코르네유는 아버지와 아들의 끊을 수 없는 관계의 흔적을 표시했다.

볼테르 극에서는 그 관계를 더 부각시켜 오이디푸스는 죽어 가는 라이오스가 팔을 내밀며 무언가를 말하려 하고, 눈물을 흘린 모습을 기억한다. 아버지 측에서 아들을 알아보았을 가능성이 있다. 많은 극작품에서 부친 살해와 근친상간을 막기 위해 아들을 버리는 준엄한 아버지로만 그려져 온 라이오스와는 다른 모습의 라이오스다. 이 장면에서 자신이 버림받은 아이임을 모르는 오이디푸스는 그 노인이 자신의 아버지일 수도 있다는 생각을 하는 것은 불가능하다. 하지만 라이오스는 버린 아이를 기억할 수도 있다. 라이오스는 무슨 말을 하려 했을까? 그리고 그가 흘린 눈물의 의미는 무엇이었을까?

결국 라이오스는 부친 살해와 근친상간의 죄를 범한 아들에게 벌을 내린다. 코르네유 극에서처럼 볼테르 극에서도 유령이 되어 신관에게 명령을 내린다. 그러나 두 작품 모두 유령이 직접 무대에 나타나지는 않고, 신관을 통해 명령을 전한다. 반면, 볼테르 극에서는 무대 위에 아버지의 유령이 등장할 수 있는 가능성도 보인다. 극의 끝부분에서 자신의 정체를 알게 된 오이디푸스가 정신이 나가서, 마치 아버지 유령을 보는 것처럼 말한다. 이 장면에서 연출에 따라 유령은 오이디푸스의 상상으로 남겨질 수도 있고, 실제 무대 위에 등장할 수도 있다. 볼테르 극에서 등장하는 아버지의 유령은 셰익스피어의 『햄릿』을 연상시킨다.

『오이디푸스』는 볼테르가 영국으로 건너가기 전에 쓰인 작품이기에, 셰익스피어의 영향을 언급하는 것이 다소 성급할 수도 있다. 하지만 볼테르가 이미 셰익스피어의 작품들을 알고 있었을 가능성은 충분하다. 고전주의 비극의 규칙을 중요시하던 당시 프랑스에서는 이 규칙을 따르지 않는 셰익스피어의 비극을 높이 평가하지 않는 경향도 있었지만, 번역 작품은 존재했을 것이기 때문이다. 또한 볼테르가 영국에서 돌아온 이후 출판되기는 했지만, 『철학 편지』(1734)의 18장에서 『햄릿』의 일부를 불어로 번역한 것은 이 작품에 대한 볼테르의 관심을 보여 준다.

마지막으로, 볼테르 극에서는 오이디푸스의 정체가 밝혀진 이후에 오이디푸스가 아버지와의 관계에 집중하면서 자신을 처벌하는 사건이 먼저 일어난다. 이어서 이오카스테가 불행에 빠진 오이디푸스를 걱정하면서 자살하는 결말로 이어지는 독특한 전개 양상을 보인다. 이는 이오카스테가 먼저 죽자 비통에 젖는 오이디푸스를 설정하는 다른 작품들과 구별되는 볼테르만의 독창성에 해당한다.

『변장한 오이디푸스』
_볼테르 극의 패러디

볼테르의 『오이디푸스』를 국왕 전속 이탈리아 극단Comédiens italiens ordinaires du Roy의 배우였던 도미니크Dominique가 패러디한 작품으로, 볼테르의 작품이 초연된 지 5개월 후, 1719년 4월 17일에 초연되었다. '도미니크'라 불리던 피에르-프랑수와 비앙코렐리Pierre-François Biancolelli는 '도미니크'라 불리던 이탈리아 극단의 배우였던 도미니코 비앙코렐리의 아들이다. 아들 도미니크는 1680년 9월 20일 파리에서 태어나, 1734년 4월 18일 파리에서 사망했다. 그는 패러디 극을 쓰는 데 재주가 뛰어나, 이 작품 외에도 라모트Houdar de La Motte의 작품을 패러디한 『아녜스 드 샤이요Agnès de Chaillot』(1723)를 쓰기도 했다. 파리 관객의 관심을 끄는 데 성공한 『오이디푸스』는 자연스럽게 패러디 작가들의 표적이 되었는데, 당시 패러디 극은 장터 극단이나 이탈리아 극단이 즐겨 공연하는 장르였다. 그래서 한 극작품이 코메디 프랑세즈에서 절찬리에 상연되고 나면, 대개 서너 편의 패러디 극이 뒤따라 상연되곤 했다. 때로는 패러디 작품이 원작품보다 더 인기가 있는 경우도 있었다. 《변장한 오이디푸스》는 가장 잘 된 패러디 극 중 하나다.

오이디푸스의 이야기를 패러디한 이 극에서는 수년 동안 전쟁터에 나가 있던 핀브렛(볼테르 극의 필록테테스)가 부르제(테베)로 돌아와 옛 애인 콜롱빈(이오카스테)이 마을에 난입하던 큰 늑대를 죽인 트리블랭(오이디푸스)과 재혼했다는 소식을 듣게 된다. 첫 남편인 피에로(라이오스)가 포도주를 사러 갔다가 살해 당하는 바람에 하루아침에 과부가 된 그녀는 마을을 위해 이 용감무쌍한 젊은이와 재혼한 것이다. 다시 원인 모를 재앙에 휩싸인 마을을 구하려고 노력하던 중, 트리블랭은 피에로를 살해한 범인을 알아내고자 추적하게 된다. 그 과정에서 그가 바로 범인이라는 사실과 함께 그가 콜롱빈과 피에로 사이에서 태어난 아들이라는 것도 밝혀진다.

볼테르는 자신의 작품이 조롱당한다는 생각도 들었겠지만, 그 자신이 대중의 반응에 민감했던 볼테르는 더욱이 공연이 끝나고 나면 여러 차례 작품을 수정했을 정도였기에, 패러디 극도 보지 않을 수 없었을 것이다. 패러디 극은 단순히 비장한 분위기의 비극을 가볍고 재밌는 분위기의 희극으로 바꾸기만 하는 것이 아니었다. 패러디 극작가는 경험이 풍부한 배우였을 뿐만 아니라, 원작을 검토하고 짜임새 있는 극을 구성하는 능력까지 겸비했다. 이러한 패러디 극을 보면서 볼테르는 원작에 대한 비판도 들을 수 있었을 것이다.

코믹하고 서민적으로 재탄생한 패러디 극은 이탈리아 극단의 화려한 의상과 노련한 연기로 대중적인 인기를 끌었다. 볼테르 극의 영웅 필록테테스가 허풍스럽고 이기적인 핀브렛트로 변신하고, 정숙하고 고상한 이오카스테는 남편을 잃으면 급하게 재혼해야 하는 콜롱빈으로 바뀐다. 비극 속 영웅담이나 고상한 정절이 패러디되어 관객들을 웃게 한다. 극의 끝부분에서 엄청난 운명의 비밀이 밝혀진 후, 트리블랭도 오이디푸스처럼 맹인이 되긴 하지만, 도미니크의 극에서는 매우 현실적인 인물로서 맹인 수용소로 향한다. 또한 콜롱빈 역시 비극 속 이오카스테와는 달리, 침대 속으로 들어가 쉬려는 일상적인 행동을 보이면서 끝을 맺는다. 핀브렛트가 첫 부분에서 말했듯이 세 번째 남편을 기다림을 넌지시 알려 주는 대목이다.

이렇게 패러디 극은 귀족적이고 이상적인 가치를 무너뜨리고 평범하고 현실적인 가치를 부각시켜, 보다 인간적인 연극, 보다 많은 공감대를 형성하는 연극을 추구했다.

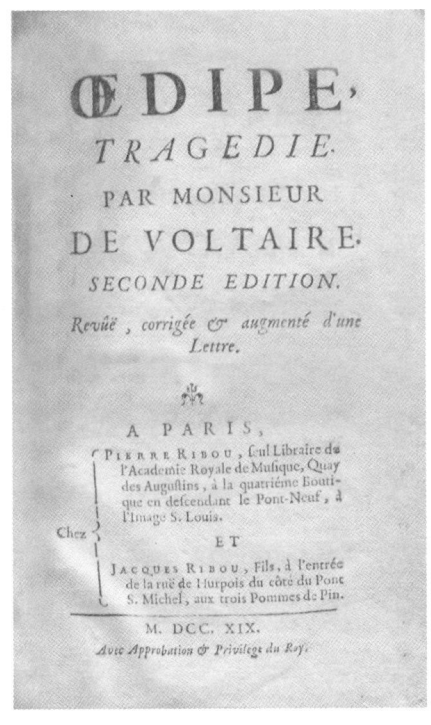

볼테르의 『오이디푸스』 원서의 표지

이미지 출처

17 – 앙투안 우동, 〈볼테르의 조각상〉, 1781년, 코메디 프랑세즈 극장(파리) 소장.

19 – 장 오귀스트 도미니크 앵그르, 〈오이디푸스와 스핑크스〉, 1808년~1824년, 루브르 박물관(파리) 소장.

41 – 에밀 앙투안 부르델, 〈활을 쏘는 헤라클레스(중간 습작본)〉, 1909년, 부르델 미술관(파리) 소장.

123 – 카미유 클로델, 〈무르익음의 나이 혹은 운명〉, 1902년, 오르세 미술관(파리) 소장.

151 – 오귀스트 루이 마리 오탱, 〈몽마르트르 언덕(18세기 모습)〉, 1882년, 프랑스국립도서관 소장.

215 – 아르튀르 푸젱, 《삽화가 있는 연극 및 관련 예술 분야에 관한 역사 사전》, 피르멩-디도 출판사, 1885년, 745쪽.

234 – ❶ 앙투안 뫼니에, 〈코메디 프랑세즈〉, 18세기 말경, 프랑스국립도서관 소장.

❷ 샤를르 에티엔느 고셰, 〈1778년 3월 30일, 『이렌』의 여섯 번째 공연이 끝난 후, 국외 추방령이 풀린 볼테르를 위해 코메디 프랑세즈에서 열린 축하 공연〉, 1778년, 프랑스국립도서관 소장.

오이디푸스
Œdipe

ⓒ 책, 세상을 굴리다, 2016

초판 1쇄 발행 2016년 7월 7일

지 은 이	볼테르
옮 긴 이	김덕희
펴 낸 이	이윤정
펴 낸 곳	책, 세상을 굴리다
기 획	조청현
편 집	김기진
디 자 인	조유영
출판등록	제 2510000-2013-000061호
주 소	152-842 서울특별시 구로구 공원로 3, 611 (구로동, 선경오피스텔)
대표전화	02-861-0363, 0364
팩 스	02-861-0365
이 메 일	lingercorp13@gmail.com
블 로 그	http://blog.naver.com/lingercorp13
페이스북	https://www.facebook.com/worldrollingbook
I S B N	979-11-87453-03-1 (03860)

* 이 도서의 국립중앙도서관 출판예정도서목록(CIP)은 서지정보유통지원시스템 홈페이지 (http://seoji.nl.go.kr)와 국가자료공동목록시스템(http://www.nl.go.kr/kolisnet)에서 이용하실 수 있습니다.
  (CIP제어번호: CIP 2016015330)

* 서명에 의한 저자와 출판사의 허락 없이 내용의 전부 혹은 일부를 인용하거나 발췌하는 것을 금합니다.
* 책값은 표지 뒤에 있습니다.
* 파본이나 잘못된 책은 구입처에서 바꿔 드립니다.